ファンが綴った

冬のソナタ

ケータイから生まれたアナザー・ストーリー

「冬のソナタ」モバイル公式サイト●編

水曜社

はじめに

もしも、あのとき彼を選んでいたら……。

もしも、あのとき違う道を選んでいたら……。

だれもが考える、想像の世界、その中でのささやかな夢の冒険、そして愛……。

「冬のソナタ」は、私たちに「もしも」を考える想像力と夢とロマンを思い出させてくれたドラマだったのではないでしょうか。

本書は「冬のソナタ」のモバイル公式サイトに寄せられた、もうひとつの「冬のソナタ」を集めた本です。そこに広がるのは、本編では描かれなかったいくつもの「もしも」の世界。

私たちが生きる現実はしばしば辛く、悲しく、愛や夢にあふれたドラマの世界がとても美しく感じられます。

しかし、どんな人生にもドラマとロマンスはあふれています。

そう、本書に描かれたもうひとつの「冬のソナタ」は、もしかしたらあなたのお話。

ジュンサンに、ユジンに、サンヒョクに……、彼らに起こり得たかもしれないアナザー・ストーリーは、明日のあなたに起こり得る物語なのかもしれません。

目次

本書を支えてくださった監督・脚本家、
そしてファンのみなさまに感謝をこめて

第一章

空白の三年間

秋が終わり、あなたがいない三回目の冬が来る。
「一人でも強く生きる」っていうあなたとの約束。
私、ちゃんと守れていますか？

if……

僕は光を失った。
僕はこれから、手探りで生きていかなきゃいけない。

治療はつらかった。僕に耐えきれたのが、不思議なぐらいだ。
うなされるたびに、君を思い出した。
会いたかった。そばで手を握ってくれれば、それ以上、望むものはないのに。

君は今、どうしているだろう？
世界中の誰より幸せになって欲しい。
本当は、僕の手で幸せにしてあげたかった。
けれど、今では夢のまま消えてしまった。

僕は君のため、君は僕のために別れを選んだ。
今は、幸せな思い出だけを抱いて生きている。

光をなくした僕にとって、君が灯したポラリスだけが生きる指針だから。
まだ、伝えたいことも、見せてあげたいものもたくさんある。
でも、君は僕のそばにいない。今も、これからも……。
それでも僕が呼べば、君は振り返ってくれる気がする。
そして、僕は小さく呼びかけてみる。

ユジン？

ユジン？

空白の三年間

パリの美しい並木道の雑踏をかき分けながら、ユジンは息を切らしていた。

今日という今日は、絶対に遅刻できないのに……。自分を置いて、一人でさっさと学校へ行ってしまったルームメイトの恭子《きょうこ》に、ユジンは心の中で悪態をついた。

ユジンが一人韓国を去ってフランスに来てから、三回目の冬が終わろうとしている。この年、教授たちによって選出された一握りの生徒たちは、インテリアデザイン大会に応募した。プロも参加するレベルの高い大会だ。この日は、二次試験の合否が発表される日だった。

遅刻をするな、とトンプソン教授は繰り返していた。「とくにだれかさんは……」と、ユジンを見ながら。なのにまたやってしまった。遅刻魔は高校生のままだ。ユジンは全速力で広いキャンパスを駆け抜け、校舎に飛び込んだ。


ユジンが教室に滑り込むと、ドアに背を向けて立ち並んでいた全員がユジンのほうを振り向いた。その中には恭子の姿もある。

「さてさて、チョンさん」トンプソン教授の声がした。

「君は成績は優秀、才能もあるし実力もある。なのに遅刻魔じゃあ、社会で通用しないでしょう？　君は留学前、働いていたはずじゃないんですか？」

「はい、先生……」

「だいたい君は、原田さんと同居してるんでしょう？　なんで、二人が来る時間がこんなに違うんですか？」

「だって先生、あんなかわいい寝顔見せられたら起こせませんよ」

恭子がすまして言うと、忍び笑いが起こった。

「まぁ、チョンさんの遅刻は、今に始まったことじゃないですからね。まだ発表はしてませんよ。さあ並んでください」

ユジンが恭子の隣に並ぶと「遅刻魔～」と恭子が繰り返した。

「今日ぐらい起こしてくれたっていいじゃない」

「だって、よだれ垂らして気持ちよさそうに寝てるんだもん」

「垂らしてないわよ！」

「はいはい。遅刻魔チョンさん、発表のときぐらい静かにしましょうね」

ユジンが口をつぐむのを待っていたかのように、トンプソン教授はしゃべり始めた。

「今年は、他国からプロの参加が多く、去年に比べて競争率が高かったです。けれど、その接戦を勝ち抜いた人がこの中に三人……」

生徒たちがざわめいた。

「まず、ジェーン・ベル」

拍手が起こり、ジェーンが頭を下げた。

恭子が面白くなさそうな顔をしたのを、ユジンは見逃さなかった。

「次に、ダニエル・サンプター」

名前を呼ばれた瞬間、ダニエルは絶句して固まった。

「そして最後に……ユジン・チョン」

ユジンの顔中に喜びがいっぱい広がった。

教授がまだなにかしゃべっていたが、ユジンの耳には入ってこなかった。


「へぇ〜、さすがねぇ」

ユジンは、バイト先の設計事務所の所長に、二次試験の通過を報告していた。

「あたしだって、あとちょっとだったんですよ」と恭子が不満そうな声を出すと、所長は笑いながら「恭子の実力は知ってるわよ。ただユジンのほうが上だけどね」と言った。恭子はますますつまらなそうな顔をし、後ろからユジンの首を絞める真似をした。

「今日の夕飯、あんたのおごりだからね」

「わかった、わかった」

「いいなぁ、大会で入賞すれば卒業単位もらえるんでしょ？」

所長は、いつまでもユジンに絡んでいる恭子に、仕事に戻るよう促し「大会か、懐かしいわね」とつぶやいた。「所長、大会出たんですか？」ユジンが尋ねた。

「私がまだ大学生のころだから、もう三十年近く前」

「所長の大学生？　なんか想像つかないな」

「じゃあ、写真見る？」

「うそ!?　見たい見たい」

恭子が騒ぐと、所長が建築関係の記事をスクラップしているファイルを持ってきた。その中に、トロフィーを持って笑う所長の写真があった。

「あ、若ーい。……所長、美人ですね」

「この笑顔で旦那さんひっかけたのか……」

ユジンと恭子が、好き勝手に感想を言いながらページをめくっていると、所長が審査員のバッジをつけ、入賞者と並んだ写真が出てきた。

「所長、審査員もやったことあるんですね」

そう言いながら、ページをめくろうとした恭子の手を、ユジンが押さえた。驚いた恭子がユジンの顔を見ると、ユジンはその写真を見つめている。

「所長、この写真……」ユジンが震える声で尋ねた。

「ああ、それはたしか八年前の大会よ。最終試験はレストランのリノベーションだったかしら……真ん中に写ってる人がいるでしょ？　その人が最優秀賞を受賞したんだけど、すごく優秀でね。完全に一人勝ちだったわ。少し前まで雑誌にもずいぶん載ってたんだけど、最近はパッタリ……」

ユジンは、写真の中央で笑う人物を指先でそっとなでた。

間違いない、ジュンサンだ。

「所長、そのレストラン、わかります？」


レストランに入っても、ユジンはなにもしゃべらなかった。食事が運ばれてきても、ただひたすら手もとを見つめるばかりだった。恭子はユジンを心配しながらも、自分から話し始めてくれるのを待った。二人は無言のまま食事を終え、店を出た。

突然、恭子が歓声を上げながら、すぐ目の前の公園に飛び込んだ。「懐かしい！」

恭子はブランコをこぎながら、笑顔を見せた。恭子が見せるだれよりも明るい笑顔。フランスに来てすぐのころ、なかなか立ち直れなかったユジンには、恭子の子どものような明るさがうれしかった。

「ブランコって気持ちいいんだね。小さいころはこぐのに一生懸命で気づかなかったな」

少年のように短い髪を風になびかせながら、恭子が言った。ユジンは隣のブランコに黙って座った。ユジンは店に一歩足を踏み入れたときから、涙をこらえていた。

店のどこを見ても、懐かしさがこみ上げてきた。この三年間、何度もニューヨークへ行きたいと思い、同じ数だけ思い直した。それはジュンサンとの約束を守るためでもあったが、自分自身のためでもあった。いつも、だれかに頼ってばかりだった弱い自分。ジュンサンが死んだと思った十三年前から、ユジンは一人ではいられなかった。悲しみに沈み、サンヒョクやジンスク、母に支えられなければ、毎日をあたりまえに生きることもできなかった。

だからこそ、ユジンはフランスへ来た。ジュンサンはたった一人で治療に耐えているはずだ。だったら自分も一人で耐えてみよう。いつか韓国に帰ったとき、だれかを支えられるように……。

ユジンは、少しずつ話し始めた。ジュンサンのこと、ミニョンのこと、そしてサンヒョクやチェリンのこと……。恭子に話しているというより、自分に言い聞かせているような感じだったが、恭子は黙って聞いてくれた。

ユジンが話し終わると、恭子はブランコから飛び下りた。

「泣き虫だね」

ユジンは、気づかないうちに泣いていた。

「あたしはさぁ」

恭子は、だれにも話さなかった痛みを話し始めた。

「あたしはさ、幼なじみがいてね。物心ついたら一緒にいて、遊んだり、学校通ったりして、あたりまえのように好きになって恋人になった。建築家になりたいっていうのも一緒の夢だったんだよね。

……あたしの二十歳の誕生日に彼から『大事な話がある』って呼び出されて、二人で並んで歩いてたの。彼、なかなか言いださなくて。あたし、じれったくなっちゃって『帰る!』って道路へ飛び出しちゃったの。そしたら、トラックが来て……気づいたら、あたしをかばった佑一が血まみれで倒れてた。佑一、あたしの誕生日に死んじゃったんだ。

でね、佑一の遺品整理してたら、婚姻届が出てきたの。全部書き込んであって、後はハンコ押すだけになってたんだよね。そしたらさぁ……『原田恭子』の恭子が『京子』になってたんだよね。二十年も一緒にいたのに、なんでよりによって婚姻届で間違えるかなぁ……」

ユジンは恭子を見たが、寂しそうな顔をするだけで、泣いてはいなかった。

そして、ふと悲しい笑顔を見せた。

「あたし、佑一に悪くて、佑一と同じ髪型にしたり、佑一のジャンパー着たりして、佑一の代わりに生きようとしたんだ。けど、だめだよね……。やっぱり寂しくて死んじゃいそうになる」

そう言うと恭子はユジンに向き直り、話を続けた。

「ユジン、あたし大会手伝うよ」ユジンは恭子の顔を見た。

「あたしね、フランスに来てよかったと思ってる。ユジンはあたしの本当のお姉さんみたいで、佑一のことで苦しくなっても、ユジンとなにげないこと話してるだけで、気分落ち着いたし。ユジンには感謝してるから、そのお礼がしたいの。いいよね？」

ユジンはしっかりうなずいた。

それから二ヵ月後――。
ユジンは改築工事の進む家の中を、ヘルメットをかぶりせわしなく歩き回っていた。最終試験は、今までユジンが経験したことがないぐらい大変だった。わずか一ヵ月の間に、それぞれが課題の家で「ユニバーサルデザイン」をテーマにリノベーション工事を行うのだ。

ユジンの課題となった家は、若い夫婦と幼い娘の住む、古い家だった。時代に取り残されたような温かみがあり、ユジンはこの家を気に入ったが、確かに住みにくい。いくら大会といっても、これから、彼らが暮らす家だ。家族のニーズに合わせ、ユジンは雰囲気をそのまま残すため、外観はほとんど変えずに工事を行った。そのせいか、設計の時点でかなり手こずった。

「ジェーンはユジンより五日も早く着工に入った」と、恭子はしばらく、ぐちぐち言っていた。

しかし、ユジンの方も順調だ。きっといい家ができるだろう。ユジンは、これも全面的にバックアップしてくれた所長と、恭子のおかげだと感じていた。

「あ、じゃあ今日はこれで上がりです。お疲れさまでした」

作業が終わると、ユジンは設計通りに進んでいるか、すみずみまで確認した。

期限が迫っているが、工事はもうすぐ終わる。ユジンは確かな手ごたえを感じていた。

最終日――。

ユジンは、家の中を確認した。どこを見てもユジンのイメージ通りだ。

最後に特注で頼んだダイニングテーブルを入れれば……。

「ユジン、ヤバイよ」携帯で話していた恭子が駆け寄った。

「え？」

「テーブル積んだトラックが……横転したって」

「うそ……」

「運転手は無事だけど、テーブルが……どうする？」

「……恭子、あのテーブルの設計図あったわよね？　すぐ、木材を発注して」

「はあ？　あんた、あんな複雑な設計のテーブルを自分でつくる気？」

「そうよ。この家に合わせて、私が設計したの。ほかの物は置けないわ」

「……わかったよ、所長にも連絡してくる！」

ユジンは工事で余った木材を手にとり、作業に取りかかった。すぐに事務所の先輩が駆けつけ、恭子の頼んだ木材も届いたが、間に合うかどうかはわからなかった。

期限は今日の深夜零時だ。


ユジンは、テーブルの最後の仕上げを恭子に任せ、家の最終確認をしていた。家のどこを見ても、ユジンのイメージがそっくり表れたようだ。ユジンは家の出来に満足した。すると、ドッと疲れがこみ上げてきた。そういえば、このところほとんど寝てないような気がする。

食欲もわかないし……そう思った瞬間、床に引っ張られるような、奇妙な感覚を覚えた。

恭子が、大声でなにか言ってるみたいだけど、よく聞こえない……。


ユジンが目を開けると、見慣れない白っぽい天井が目に入った。どうやら、もう日が高いようだ。自分がどこにいるのかわからずユジンが混乱していると恭子の声がした。

「疲労、貧血、睡眠不足ですか、ユジンさん」

恭子がユジンの頭をこずいた。「倒れてんじゃないよ、バカ」

ユジンは自分が病院にいることがわかった。


「家は……？」

「ちゃんと完成させました。だから、あんたはしばらく休んで。一週間入院だからね」

「そう、ありがとう、ごめんね」

「本当だよ。まったく」

昨晩、恭子は救急車でユジンが病院へ運ばれたあと、所長と一緒にテーブルも家も完璧に仕上げていた。「ユジンの家を見てきた」と、トンプソン教授から連絡があり、最優秀賞も十分狙えるとのことだった。

「さっき、着替え持ってきたから。あたし、学校に戻るよ。あと、あんたの入院は学校に連絡しといたから」

恭子が病室を出ていくと、ユジンはベッドにもぐりこみ、再び眠りについた。


病室を出た恭子は、ポケットから広告を引っ張りだした。

一週間後に行われる学会の案内。その中の発表者の欄にある「ミニョン・イ」の名前……。前に、ユジンが話していたカン・ジュンサンのことだろう。ユジンに見せようか悩んだが、結局入院のこともあって、見せられなかった。もう二度と会わないと約束したことも聞いていたが、せめてミニョンにユジンの家を見て欲しかった。

ユジンは何も言わなかったが、あの家はジュンサンのためにつくったものだ。二度と会えないジュンサンへの思いを全部、ユジンはあの家に込めたのだろう。そこに住む家族が幸せになるように……。恭子は、学会の主催である建築会社に連絡をとり、ジュンサンがすでにパリに滞在していることを知った。

翌日――。

学会のリハーサルを終え、ジュンサンは控え室で息をついた。目が見えなくなったせいもあり、大勢の前に出るのはひさしぶりだ。初めは会場がフランスということで躊躇したが、周りの強いすすめもあり、断ることができなかった。ジュンサンのために、キム次長もわざわざ付き添ってくれた。

それでも、学会が終わったらすぐニューヨークに帰ろう。ユジンはきっと、このパリのどこかで元気にやっているだろう……。偶然どこかで会えることを期待している自分を、ジュンサンは強く叱った。

キム次長が控え室に入ってきた。

「お疲れさまです。皆さん、イ・ミニョンが復活したって大喜びですよ」

「復活はまだまだですよ。もう一人じゃ仕事もできない」

「一人で仕事が出来る人なんていないんですか？　それより、今日はもう終わりですよ。午後からどうします？」

「じゃあ……」

ジュンサンが答えようとしたとき、ノックの音が響いて、スタッフが顔をのぞかせた。

「イさん、お客さまがいらしてますけど？」

「どなたですか？」

「あ……ごめんなさい。名前はお聞きしてないですけど……東洋系の女性の方です」

ジュンサンの顔色が変わった。

すぐにキム次長が立ちあがり、「会ってきますよ」と部屋を出た。

一人になり、ジュンサンは困惑していた。まさか、ユジンだろうか……。会いたいのか会いたくないのかよくわからなかった。ドアの開く音がした。

キム次長はジュンサンの不安そうな顔を見て言った。「違いますよ」

ジュンサンは、安堵と落胆が混じった複雑な気持ちになった。

ジュンサンがキム次長に連れられロビーに出ると、だれかが近づいてきた。

「はじめまして。韓国語は話せないんですけど、英語がいいですか？　それともフランス語？」

と、その人は、きれいなフランス語で尋ねてきた。

「せっかくフランスにいるんですから、フランス語でお話ししましょうか」

ジュンサンが笑いながら言い、その人と握手をした。

「じゃあ、あらためて。私は日本人の原田恭子です。実は、イさんにどうしても見て欲しい家があって、お願いに来たんです」

「その家は、原田さんの家なんですか？」

「いえ、私の大学の友人がリノベーションをしたんです。インテリアデザイン大会、イさんも出場されましたよね？　その最終試験の課題で、改築したんです。それで彼女があなたを尊敬してて、口には出しませんけど、きっと見て欲しいと思うんです」

「そうですか。きっとすばらしい家なんでしょうね。けど、僕はこんな体ですし……」

「目で見えなくても、ただ家に入ってくださるだけでいいんです。きっと、温かみが感じられると思うから……」

「理事、いいじゃないですか。どうせ午後からヒマなんでしょ」

キム次長にせっつかれ、ジュンサンはうなずいた。

「今日でもいいなら、伺いますよ」

恭子は声を弾ませ「ありがとうございます！」と頭を下げた。

午後、ジュンサンとキム次長は恭子から渡された住所の場所へタクシーでやって来た。

「先輩、どんな家ですか？」

「外観は変えなかったみたいですね。中に入らなきゃわかりませんよ」

すぐに恭子が出てきた。

「わざわざすいません。中へどうぞ」

足を踏み入れた瞬間、ジュンサンは不思議な感覚を覚えた。

この家……来たことがある？

キム次長に尋ねてみたが「この家は個人住宅ですよ」と笑われてしまった。

「懐かしい感じ、するでしょう？」

ジュンサンの心を見透かしたように、恭子が言った。

「はい……。あの、原田さんのお友達の方は？」

「彼女、無理しすぎて倒れたんです。たいしたことないですけど、入院しちゃって。そうとう、この家に入れ込んでましたから」

ジュンサンは丁寧に家を歩いた。見えなくても、レベルの高さを感じた。壁づたいに子ども部屋へ入ったジュンサンは、ふと懐かしい感触を感じた。「パズル？」

恭子がうなずいた。

「予算がほとんどないのに、わざわざ彼女が自腹で買ったんですよ。どうしてもって」

ジュンサンは、まるで見えているようにパズルを見つめた。

「どんな絵ですか？」

「冬の山小屋の絵です。彼女はとくにポラリスが気に入ったらしいですけど」

ジュンサンは、次の言葉が出なかった。もしかして……？

「この家の家族をポラリスがいつも見守ってくれるように、自分の分まで幸せになってくれるように、だそうです」

「ユジン……」

「あなたのためにつくった家ですよ、カン・ジュンサンさん」

ジュンサンは家いっぱいのユジンの思いを感じた。胸が締めつけられるようだった。


「痛いですか？」

恭子が静かに聞いた。「さっきからずっと痛そうな顔してます」

「わかるんですか？」

「ええ……ユジンもよくそんな顔しますから」

ユジンが涙をこらえて唇をかみしめるときの、苦しそうな表情がジュンサンの脳裏をかすめた。

「ユジンは苦しんでいるんですか？　僕のせいで……」

「ユジンはすぐ泣くけど強いですよ。ユジン、一人で生きていくつもりです。ジュンサンさんとの思い出を支えにすれば大丈夫だって」

ユジン……僕は君に幸せになって欲しかった。けれど、君は一人で生きていくつもりなんだね。僕は君を泣かせてばかりだ……。

「私は二人のことにとやかく言うことはできないけれど、ユジンを一生一人にするつもりですか？　目が見えないと、だれも幸せにはできないんですか？」

ジュンサンはなにも言えなかった。

一週間後。ジュンサンは無事に学会での発表を終えた。

ロビーに出ると、多くの人がジュンサンに握手を求め、ジュンサンはそれに笑顔で応じた。ユジンの家を訪れてから、ずっと考え込んでいたジュンサンに、キム次長は発表の取りやめも考えたが、無事に終わりキム次長はホッと息をついた。そのとき、キム次長は遠くから自分たちを見ているユジンに気がついた。（やっぱり来たな……）。ジュンサンはユジンに会うつもりはない、と繰り返していたが、キム次長はユジンが会いに来るだろうと思っていた。

キム次長は手を上げてユジンを呼ぼうとした。しかし、ユジンは少しほほ笑みながら首を横に振った。ユジンの名前を呼ぼうとしたキム次長は一言も言葉を口にしないまま、手を下ろしてしまった。ユジンは、ジュンサンとキム次長に向かって深く丁寧に頭を下げた。

困惑した表情でジュンサンを盗み見たキム次長は驚いた。

なにも見えないはずのジュンサンが、ユジンを見つめている……。

やがて、ユジンの姿が人込みに飲まれて消えた。その瞬間、ジュンサンはユジンに向かって走り出した。視力を失ったジュンサンにとって一人で走るのは自殺行為だ。しかし、ジュンサンは人にぶつかりながらも必死に走った。とうとう転倒したジュンサンに、キム次長が追いついた。

「いったいなにを考えてるんです！」

キム次長は怒ったように言った。

「怪我でもしたらどうするんですか！」

「ユジンが……見えたんです」

キム次長は口をつぐんだ。

「見えないけど、見えたんです。……なんだか、言ってることが無茶苦茶だな」

「……さあ、戻りましょう」

ジュンサンを立たせたキム次長の目には、涙が浮かんでいた。

ユジンは、必死に涙をこらえながらアパートへ駆け込んだ。部屋に入ると、怒った顔で恭子が待ち構えていた。

「病院からはまっすぐ帰って来いって、あたし言ったよね？」

「うん……ごめん」

「ごめんって……まぁいいけどね。コーヒー飲む？」

恭子がコーヒーを入れ終わるのを待つ間、耐えきれなかったユジンの目から涙がこぼれた。

恭子は、無言でユジンの前にコーヒーを置いた。

「ごめん……泣かないように気をつけてたんだけど……」

「泣いちゃったほうがいいよ。泣けるうちはまだいいんだから。あたしなんて、もう干からびちゃって何年も涙なんて出てないよ……」

「ねぇ、どうやって我慢したの？　もう一生会えないのに……」

「違うよ。確かに佑一は死んじゃって私たちは一緒にいないけど、一緒じゃないことなんてなかったよ。今だってあたしは佑一と一緒にいるんだよ」

「ジュンサンも……」ユジンの言葉は声にならず、涙だけが流れていた。


冬が終わった。

ユジンの家は最優秀賞を受賞し、新聞や雑誌で大々的に取り上げられた。

ユジンは、帰国のために片づけていた荷物をすべて韓国へ送ると、トンプソン教授へ会いに行った。

「お世話になりました」ユジンが頭を下げるとトンプソン教授はうれしそうに笑った。

「あなたには本当に手を焼きました。韓国では遅刻しないでくださいね」

ユジンは苦笑いをしながらうなずいた。

「聞きたいと思ってたんですが……」トンプソン教授が言った。

「あなたの家には人を幸せにする力がある。どんな寒い冬だとしても、一瞬にして心を暖めるような。どうすればそんな家がつくれるのか、教えてくれませんか？」

ユジンは寂しい笑顔を浮かべた。

「私は家をつくるとき、一番大切な人がそばにいなくても、いつだってその人のぬくもりが感じられる家をつくりたいと思うんです。たとえ距離が離れていても、一緒じゃないときなんてないと思わせてくれるような……」

トンプソン教授はほほえみながらうなずいた。

「あなたが、あなたの一番大切な人と幸せになれることを祈ってますよ、チョンさん」

帰国の日、空港まで来てくれた恭子は寂しそうな顔で「韓国と日本は近いもんね」と繰り返していた。

「恭子、がんばってね」

「それは、こっちのセリフでしょ」

ユジンは出発ゲートへ歩き出した。

「ユジン！」恭子が手を振りながら叫んだ。

「ユジンはきっと幸せになれるよ！　幸せになったら、あたしに見せつけに来なさいよ！」

ユジンも手を振り返した。

これから生きていく未来にジュンサンはいない。けれど大丈夫だと思う。

ジュンサンとの思い出をポラリスにして生きていこう。そこを目指して歩けばきっと迷わない。そこを目指して歩けば、きっと一人でも生きていける。

ジュンサン、約束したわよね？　強く生きるって……。
私、ちゃんと守れてる？

第二章　雪のかけらたち

あのとき、君の手を離さなかったら。
あのとき、あなたを追いかけていたら。
——それは、ありえたかもしれない人生の、
切なくて甘いおとぎ話。

バスを待ちながら

あのバスに、もし僕が乗っていたら、僕たちの運命はどうなっていたのだろう……（第1話より）

バスにユジンだけを乗せたあとで、サンヒョクは胸が締めつけられるような不安を感じていた。

（今朝にかぎって、どうして僕はユジンと同じバスに乗らなかったのだろう）

次のバスで一緒に登校してもよかった……。時間の余裕は十分にあったのだけど。

満員のバスにユジンを押し込んだあと、一人でバス停にいる自分のまぬけさに気づいて、サンヒョクはため息をついた。


二人ならバスを待つ時間も気にならない。いや、ずっとユジンの笑顔を見ていることができたら、どんなに楽しいか……。

息が少し白くなった。

もうすぐ秋が終わる。冬がすぐそこまで近づいてきていることに、サンヒョクは不安と期待を感じていた。


今年の冬は放送部のみんなと合宿に行こう。今度のクリスマスには、ユジンに自分の想いを伝えたい。同い年で幼なじみだから、いつもずっとユジンと一緒に過ごしてきた……。

それぞれ別の大学に進学を希望しているため、サンヒョクはユジンに、今年こそ正式に交際をしてほしい、と申し込みをするつもりだった。

高校生になってから、どんどん綺麗になっていくユジン。

ユジン、僕がどんなに君を好きなのか、君はまったく気づいていない！

サンヒョクが若者だけに許された青春の痛みを感じているうちに、バスがようやく到着した。

早くユジンのいる教室に行きたい……。あの笑顔を見たい……。

サンヒョクはバスに乗った。

焼却炉の愛の歌

——一緒に授業をサボって、一緒に掃除して、一緒に「落ち葉の雪」を降らせたね（第2話より）

ねぇ、不思議なことがあるのよ、ジュンサン。
不思議でたまらないことがあるの。
私の隣にね、あなたがいないのよ。
私の大切なあなたがいないの……。

ねぇ、ジュンサン。あなたは覚えてくれているかしら？
罰当番の焼却炉のお掃除。あなた、私に落ち葉を降らせたでしょ？
あたしね、あのときが一番幸せだったと思うの。
落ち葉が舞っている瞬間、世界はきらきらして美しかったわ……。
あのとき、私、きっとすごい顔してたと思う。
あなたと、私と、落ち葉と……。
あの瞬間、私とあなたが世界で一番幸せだったのよね。

ねぇ、ジュンサン。あなたは私の隣にいないけど、あなたは私の心にいるわ。

私の心に住んでいるのよね？
私一人じゃないから……あなたと一緒だから……。
舞い降りた落ち葉と一緒に、あなたと一緒だから……。

夜明けまで

あなたの手術が終わるまでの長い夜。ふと、懐かしい人の面影を見た気がした……（第2話より）

ジュンサンは運ばれた救急病院で、深刻な危機に直面していた。休暇になると、どこの病院でも血液が不足するため、大学などでは献血車を繰りだして提供者を求めていた。このように、あらかじめ血液を確保していたのだが……。

クリスマスに大晦日、連日、忘年会帰りの飲酒運転による事故があとを絶たず、救急病院は頻繁に血液センターに支援要請を出していた。ジュンサンにとって不運だったのは、搬送された二時間前に、彼と同じ血液型の五人家族が自動車事故で重傷を負い、この病院の輸血用血液のほとんどを使い果たしていたことだった。

ジュンサンの母親であるカン・ミヒは、事故の知らせに駆けつけたあと、ただ呆然としていた。看護婦から血液型を尋ねられたときには、自分が血液型の違う息子になにもしてやれない無力さに、悔しさと悲しさを感じずにはいられなかった。

「神様、どうか息子をお救いください。お願いします」

病院は院内のアナウンスで、非番のスタッフに献血を呼びかけるとともに、病院の入口では雪の降る中で看護婦や事務員たちが「緊急手術に血液が不足しています。献血をお願いします」と叫んでいた。

病院近くの店でアルバイトをしていた学生のほか、近隣住民数名、そしてタクシー運転手までが無線で仲間に連絡をとり、献血に協力してくれた。

病院内では、アナウンスを聞き、見舞いに来ていた人々や非番のスタッフがすでに献血をしてくれていた。これらの人々の善意によって、ジュンサンは死を免れた。

中でも、偶然に病院のキム内科医を訪ねていた男性は、院内でのアナウンスを聞くとただちに通常よりも多くの血液の提供を申し出てくれた。おかげで、ジュンサンの手術は遅れることなく始まったのだ。

「命はとりとめました」

医者の言葉を聞いたあと、ミヒはそれまでの緊張が解け、その場に倒れこんだ。

あの子が生きている。ミヒの目にようやく涙が流れてきた。

空港に向かう途中で、ジュンサンが突然に戻りたいと言ったとき、その頼みを彼女は聞き入れようとしなかった。あのとき、一緒に戻っていたら……。

ジュンサンの手術が終わるまで、ミヒは体が凍てつき、声も涙も出てこなかったのだ。

「ありがとうございます」

「あの方ですよ、初めに献血を申し出てくださったのは」と受付の事務員が、その場にいたミヒに気づいて言った。視線の先には、コート姿の背の高い中年男性が、同年代の医者と薄暗いロビーで話をしていた。

ミヒは事務員に礼を言うと、ロビーの二人に近づいた。

「献血をしていただき、ありがとうございます。おかげさまで息子の命が助かりました」

ミヒは丁寧にお辞儀をした。

「そんな、お礼なんて必要ありません」コートを着た男性は、あわてて言った。

「そうですよ、彼は血の気がありあまっているのだから、ちょうどいい機会でした」と、医者が言った。

「献血したみんなが、自分の血が役立ってよかったと喜んでいますよ」

男性はさわやかにほほえみながら言った。

「ふむ、これから、俺に会いに病院に来るときには、毎回献血してもらうことにしよう」

「まるでドラキュラだな。そうだ、キムチを食べておこう」

「韓国人の吸血鬼には、ニンニクは効かないだろうな」

二人の冗談を聞きながら、ミヒは自分が名前さえ名乗らなかった失礼に気がついた。

「申し遅れましたが、私はカン・ミヒと申します」

「私はキム・ハウォンです。この病院で内科医をしています。そして、この血の気の多い大男は、イ・ソンジェンです。医者の一家に生まれて医大に入学したものの、解剖が嫌だといって法学部に入学し直した変人です」

「ひどい紹介ですね。キム先輩のような変人がいる医学部にいろってていわれてもね。……カン・ミヒさん、イ・ソンジェンです。今は法律事務所で弁護士として働いています」

「以前にお会いしたことがありましたかしら？」

二人の態度から初対面とは思えない親しみを感じて、ミヒは尋ねた。

「すみません、今日が初対面なのですが、ピアニストのカン・ミヒさんの大ファンなので、なんだか知り合いのような感じでしゃべってしまいました」

キム医師が謝ると、ミヒは少し固い表情になった。

「私は息子のことを世間にほとんど公表しておりません。よろしくご協力ください」

イ・ソンジェンは、ミヒの目をまっすぐに見つめた。

「実は私は、あなたと初対面ではありません……。覚えていませんか？」

「キム・ハウォン先生、至急、五〇一四号室にお戻りください」

キム医師は急いで呼び出しに応じて行ってしまい、ロビーには二人だけが残されていた。

ようやく太陽が昇ろうとしていた。新年の初日の出だった。

少年の日に

知らないほうが、幸せなのか……。あのころの記憶が今、僕の心をかき乱す（第1話より）

こんにちわ、日記さん。

僕はカン・ジュンサンです。

昨日で九歳になりました。

昨日のお誕生日プレゼントに日記さんをもらったから書こうと思いました。


僕のお母さんはカン・ミヒという有名なピアニストです。

僕もピアノが弾けます。なぜお母さんと名字が一緒かというとお父さんがいないからです。

お母さんに「なぜ僕にはお父さんがいないの？」と言うと悲しみます。

僕は知りたいだけなのに。


僕は友達がいません。

最初は仲良くなるのに、僕にお父さんがいないから仲良くしてくれなくなります。

しかも、イジワルしてきます。

たとえば「お父さんがいないからお前は勉強できないんだ」とかです。

だから、僕は運動でも勉強でもなんでも一番になるようがんばってます。
でも僕は、お父さんのことがすごーく気になります。
だって僕のお父さんなんだもん。
みんなはお父さんがいるのになんで僕にはいないんだろう?

もう眠いので寝ます。
おやすみなさい日記さん。

追伸、明日からお母さんは公演で遠くに行きます。

追伸の追伸、僕は一人で食べるご飯が大嫌いです。

だれかを愛しいと思った記憶。失ってからでは遅すぎて……（第1話より）

病室での回想、ジュンサンの進学

息子の手は少しひんやりとしていた……。

暑すぎるほどの暖房のきいた病室で、カン・ミヒはジュンサンの右手を握り締めていた。

大きな手……、私の手が包みこまれる。


中学校に入る前から、息子は母親に必要以上に触れられることを嫌っていた。

ミヒは、そんな息子の態度を成長期に見られる一時的な変化だとあきらめようとしていた。

しかし、ジュンサンの冷たい態度はますますひどくなっていった。

ジュンサンを女手一つで育ててきたミヒだったが、家事はほとんど全てを家政婦に任せていた。

ミヒはピアニストとして多忙な毎日を送り、「母親」と「父親」の二つの役割を果たそうとしてきたが、いつも自分がいい母親になれないことを自覚していた。せめて、愛情だけは二人分与えたいというミヒの努力にもかかわらず、ジュンサンが父親の愛情に飢えているのは明らかで、ミヒの手に負えなかった。

「僕の父親はどんな人だったの？」

二人が顔を合わす食卓では、必ずと言っていいほどジュンサンが自分の父親についてミヒに質問した。

なごやかな団らんの場であるべき食事の時間は、二人にとって冷たい戦いとなり、互いに愛情を求める分だけ憎しみ合い不幸になっていった……。

この戦いをジュンサンがあきらめることはないだろう、決して。ミヒもこの先ずっと息子と戦い続けていくだろう。母と息子は互いに一歩も引かなかったから……。ミヒは自分自身のために、ジュンサンは父親への愛情のために……。

ジュンサンが中学校を卒業したら、親子で渡米をしたいとミヒは計画していた。

父親のいないジュンサンは、韓国よりもアメリカで幸せになれると、ミヒは確信を持っていた。しかし、ジュンサンはソウル科学高校の進学を決心していた。あらかじめ韓国の高校を受験することはミヒの許可を得ていたのだが……。

ある日、ジュンサンはミヒに入学手続書類を差し出した。

「お母さん、この書類に印鑑を押してください」

ミヒは合格通知が届いたことも今まで知らなかった。日本から帰国したばかりだったが、せめて電話での報告をしてくれてもいいのに……。合格祝いもさせてくれなかった息子の冷淡さに、ミヒは怒りとくやしさがわき上がってきた。

「どういうことかしら？ 私たちはアメリカに行くって決めていたでしょう。あなたの希望する大学に行くためには、高校から向こうで生活しておいた方が有利よ。飛び級で大学にすぐ入れるわよね。学校が始まるまで、まだ半年あるから、その間にいろいろ準備できるわ」

ミヒは書類を息子に突き返した。

「母さん、僕は韓国で高校に進学したいのです。ここなら全寮制だから、母さんは僕の心配をしなくても大丈夫です」

「アメリカはどうするの？」

「高校卒業後、必ずアメリカに行きます。今度は向こうで永住するつもりでしょう？」

「そうよ、韓国には戻らないつもりよ」

その言葉を聞き終わると、ジュンサンはミヒの手を取って静かに話し始めた。

ジュンサンが自分からミヒの手を取るのは、まれなことだった。

「母さん、韓国は僕の生まれた国だから、あと三年間だけ、韓国で暮らしたいのです。僕のわがままを聞いてください。母さん、お願いします」

ミヒは息子が本心から言った言葉かしらと疑いながら、彼の顔を見た。

ジュンサンが父親のいないことでつらい目にあっているのを、ミヒは誰よりも知っていた。ジュンサンが韓国に執着する理由が別にあるはずだと思ったのだ。

……まさか父親探しをするつもりかしら。もし、そうなら、無理やりアメリカに連れて行くことができても、きっと勝手に一人で戻ってくるだろう……。そんなことはさせない……。

ジュンサンの目は真剣だったが、自分の願いを叶えてもらえない境遇に慣れてしまった者に特有のあきらめと内にこもった怒りがあった。

こんな瞳になったのは私のせいだ。哀れな子……。ミヒは先ほどの怒りを忘れていた。

ほかの家の息子たちなら、なにかを母親にお願いする場合には、とっておきのほほえみで甘えてみせ、母親を陥落しようとするだろうに……。もう甘え方も忘れてしまったのかしら。

そして、ほかの親たちなら、ソウル科学高校のような韓国でもっとも有名な一流高校に子どもを入学すると聞いたら大喜びして、子どもを誉めて抱きしめたはずなのに……。私はなぜ素直にジュンサンを祝ってやれないのだろうか。

息子が本当に心から願っていること、父親について真実を教えてやることがミヒにはできなかった。

せめて、この三年間は息子の希望する高校に通わせてみようか……。

「もう一度、それを見せて」ミヒはジュンサンの手を離し、書類を受け取った。

「ジュンサン、明日までに書類に印鑑を押しておきます。三年の約束よ」

「ありがとうございます、お母さん」とジュンサンは静かに言った。

三月からカン・ジュンサンはソウル科学高校の新入生になった。入学試験は一番の成績で合格だった。自分で望んだ高校だったが、ジュンサンは何かに腹を立てているような表情をしてクラスの記念写真に写っていた——。


事故の知らせを聞いたミヒが来るときに雨を降らせていた雲はすでに消えていた。近くにある聖堂の屋根が見えている。ときおり、鐘の音が聞こえる。ジュンサンの病室を出て、ミヒは聖堂に向かっていた。


小さな聖堂には、幼子イエスを胸に抱く聖母像があった。ミヒはロウソクに火をともし、祭壇に備えた。

マリア様、私の息子をお助けください。ジュンサンを……、ああ、あの子の命があるだけでも感謝しなくては……。しかし、もう一度、奇跡を起こしていただけませんか。

息子の声……瞳を……私が忘れてしまう前に……。

私はあの子を幸せにしたい……。まだジュンサンの人生はこれからなのに。

初恋もまだ……それとも、あの子は春川《チュンチョン》で初恋を見つけたのかしら？

ジュンサンが事故のときに着ていた服のポケットには、ピンクの手袋が入っていた……。

女の子の好きなピンク色。ジュンサンはどんな初恋をしたのだろう。いつか教えてくれる日が訪れますように……。


春川……ミヒの初恋もまた、ここの高校だった。

ふっと表情が曇り、ミヒは十字を切るとすぐに聖堂を出ていった。

しばらくすると、復活祭の準備に人々が聖堂に入ってきた。

マリア像は静かなほほえみを浮かべて、いつものように幼子を抱いていた。

初めは奴から君を奪うのが目的だった。それなのに……（第2話より）

大好きなユジンへ

ユジン、君と出会ってまだそんなにたってないのに
俺の心は君でいっぱいだ。俺としたことがいったいどうしちゃったんだ？

正直、中学やソウルの高校のときは、俺、女子のこと小馬鹿にしてた。
すぐにキャーキャー騒いでさ。くだらねえって。

だけど君に出会ってどんどん気持ちがひかれていった。
それが「恋」だと気づかされたのは、放送室で君にぶたれたときだった。

俺、本当に後悔したんだ。いくらサンヒョクへの当てつけだったとしても、なんであんなこと言ったんだろうって。キャンプは気が進まなかったけど、君に会いたかった。会って誤解をときたかった。

君が道に迷ったとき、見つけられなかったら俺の責任だと思って必死だったんだぜ。

君を見つけて思わず抱きしめたとき、コートの上から君のドキドキが伝わってきて、俺までドキドキしていた。感じたかな？

君がサンヒョクを気にすること、初めは妬けたけどもう大丈夫だ。

君の気持ち分かったから。

早く初雪が降るといいな。君はきっと湖に来てくれると確信してるんだ。

大好きだ、ユジン。早くこの気持ちを伝えたい……。

好きな季節は……冬

好きな色、好きな季節……あなたのことを知っていくのがうれしくて……（第2話より）

ジュンサン、今年もまた冬が来るわ。あなたがいなくなってから七度目の冬が……。

高校二年生の冬の始め、私はあなたと出会って初めて恋をしたの。生まれて初めて。最初は変な人だと思ったけれど、あなたのこと、気になって仕方なかったわ。

授業中もバスの中でも、気がついたらあなたの姿を追っていた。

ときどき目が合ったでしょ？　あなたも私のこと見ててくれてたのよね。

初めてつないだあなたの手は大きくて柔らかだった。あのとき、私の手を握れるのはこの人だけと決めてたの。あなたはぶっきらぼうで、意地悪だったけど、とても優しかった。あなたと行った湖、あなたと乗った自転車、あなたと見たすべての景色が、今でも私の心を占めている……。

そして……きらきらと輝く初雪の中であなたと過ごした夢のような時間。

あれは本当にあったことなの？

二人でつくった雪だるまをキスさせて「お前はいいな」って言ったあなた。

ジュンサン、私、あなたの声が忘れられない。

「好きな色は白……、好きな季節は冬……」

あなたがそう言ったから、私も好きな季節は冬。

いくら悲しい季節でも、やっぱり、好きな季節は冬……。


今年も、初雪が降る日には、私一人で雪だるまをつくって、あなたを想うことにするわ。

ジュンサン、私のことバカだなって思ってる？

そうよね。いつまで待っても、あなたは私のところに帰ってくるはずないのに。

それでもいいの。私の恋は、あの冬に置いてきたままだから……。

ポラリス

バスの中で揺れる黒くて長い髪の記憶……僕の心が、迷いそうになる（第1話より）

アメリカ合衆国。さまざまな人種が行き交う人波を見ていたミニョンの目に、一人の女性が飛び込んできた。東洋人だろうか、急いでいるのか人波の中を縫うように走っている。

その動きに長い艶やかな黒髪も風に揺れている。

見ていたミニョンの心になにかが触れた……（懐かしい？　いや愛しい？）。


花が舞っている、いや雪だろうか……。

霧がかかったように見えなくなる心の映像の糸をたぐりよせようとしたミニョンは、名前を呼ばれて現実に戻された。「ごめんなさい。待った？」

「あぁ……チェリン」答えながら人波に目を向け続けるミニョンを、チェリンがたしなめた。

「もうあたし以上にいい女なんていないんだから、探さないでよミニョンさん！」

そう言いながら覗き込むチェリンに、ミニョンはほほえんだ。

腕を組んでチェリンと歩き始めたミニョンが振り返ると、女性の姿はどこにもなかった。

（俺が気になる女がいるなんてな）ミニョンは苦笑いした。

周りに女はたくさんいる。彼は、その気になれば落とせない女はいないことを知っていた。

「本気で人を愛したことがないから、そんなことが言えるんです」

怒りに目を震わせて、まっすぐに自分を見つめるユジンにミニョンは思った。

（……まただ）ユジンさんの瞳は何かを思い出させる。

でもそれは、もっと明るい瞳だった気がする……。

記憶が戻ったジュンサンは気づいた。

ミニョンとして存在していたときも、心の中にはユジンがいたことを。

ミニョンがジュンサンとしていつかユジンや仲間たちのもとへ帰ってこれるように……。

ユジンもまた、ジュンサンにとってポラリスだったのだ……。

一緒に過ごしたあの冬と同じように、このスキー場には雪が降り積もるのに……（第6話より）
「まったく！　頭にくるったらありゃしない！」
遥か昔に絶滅したという恐竜の足音はこんな感じだったかもしれないと思わせるほどジョンアは激しい足音をたてて歩いていた。
「仕事はできる、顔もイイ。世の中に完璧な人間なんていないっていうけどよく言ったもんよ。あの理事は人を見る目がないって欠点があるんだから！」

「ユジンさんには豊富な男性遍歴があるそうですが……」

さっきまでいたカフェでの会話を思い出してジョンアはまた叫んでいた。

「……どうしたの？」声に振り向くと怪訝そうに自分を見つめるユジンがいた。

「ユジン！　顔がイイ男ほど気をつけなさいよ！」

まくしたてるジョンアに、わけがわからないユジンは苦笑いを返した。

「もう今夜は……」「お酒はだめよ！」

いつも酔ったジョンアの介護係となる彼女に先に釘を刺され、ジョンアはユジンと顔を見合わせて笑ってしまった。

「わかりましたぁ」

これ以上なにか言われてはかなわないと手を振るジョンアに笑いながら、ユジンは部屋へと帰って行った。

ユジンの後ろ姿を見送りながらジョンアは考えていた……。

（あの子が心から笑わなくなったのはいつからだろう……）

今も決して無理をして笑っているわけではない。

ただ、あのころの笑顔を知っているからそう思うのだ。

ジョンアはユジンの高校の先輩になる。

卒業してからも何度か会ったが、あるとき雰囲気が変わっていた。

凛としたところは変わらないが、新緑を思わせる輝きがあった。

人は恋をしているとわかるものだ。おもしろがって問い詰めるジョンアに、彼女はただほほえむだけだった。

次に会ったユジンは、まるで冬の風に吹かれてじっと耐えているかのようだった。

ただ一度だけ飲めないお酒に手を出して、酔いつぶれたユジンが言ったこと。

「子どものころお父さんが亡くなったときに、悲しくて会いたいって毎晩泣いてたんです。あれから大人になったのに、今のほうが亡くなったことを信じられないんです」

そのとき初めてジョンアは、ユジンが家族以外の愛する人を亡くしたことを知った。

また春の日溜まりの中で笑って欲しくて、そして今度こそサンヒョクと幸せになれるようにと願って渡した『運命の輪』のカードは、ジョンアの「幸せに」という願いだけ聞き入れて、ユジンに大きな試練を与えながら、幸せの春の風を運ぶために回り始めていた……。

いつもと変わらない朝、変わらない僕。ただ、あなたがそばにいないだけ……（第10話より）

あなただけを……


「ごめんなさいは言いません。ミニョンさんはわたしの大切なものを、〈心〉を持っていったから。……愛しています」

そう言って白い世界にたたずむ彼女の声も姿も愛しかった。流れる涙は哀しいほど綺麗で……自分の腕の中に抱きしめているこのときが、ずっと続けばいいのに……。


カーテンの隙間から差し込む光が、ミニョンに朝を知らせた。

（いつのまにか寝てしまったのか……）

ソファーから体を起こしながらまだ胸がせつなかった。

夢を見たせいだ。あの日から幾度となく見た夢……。

無理やりにでも引き止めればよかった、そんなふうに考えたこともあった。

できなかったのは彼女の涙に強い意志があったから。

たとえ自分を見ていなくても彼女の望むことはなんでもしてあげたい、そう思っていた。

その気持ちは今も変わらない。けれど、こんな結末を望んでいたわけじゃない。だれよりも守りたいはずの彼女が、自分を守るために去っていったことがやりきれなかった。

——ミニョンさん。

彼女の声が聞こえた気がして、ミニョンはカーテンを開けた。
そこに広がる、いつもと同じ白い世界のまぶしさにミニョンは目をふせた。
——顔を上げられないのはまぶしすぎるから……。
自分に言い訳をするように、歪んでくる景色にミニョンは目頭をおさえた。
いつもと同じように朝は来るのに、ユジンがもうここにはいない現実が悲しかった。

僕の真実の恋

もうすぐ僕たちに初雪が降る。その前に、想いを伝えておきたくて……（第2話より）

もう、朝が来ます。そして、あなたのいない一日がまた始まります……。
あなたが、サンヒョクさんの元へ去ってから何日もたっていないのに、僕には、永遠のときが流れているような気がします。

あなたをサンヒョクさんのところへ行かせたこと、後悔はしていません。
これ以上、あなたの苦しむ顔を見ていられませんでしたから。
僕は、あなたのしたいことをさせてあげたかった。
だけど、一つだけ読み間違えたことがあります。
それは、僕のあなたに対する思いの深さです……。

僕は、まさか自分がこれほどまで人を愛せるとは思っていませんでした。
愛に深さがあることを理解していなかったのです。
本当に、愛は、孤独でした。

今、僕は深い海の底でひざを抱えてしゃがみ込んでいるようです。

こんなこと、あなたに言えば、優しいあなたはまた苦しみながら僕のところへ来てくれるのでしょうね。


ユジンさん、あなたはどうしてこんなに僕の心を捉えたのですか？

今まで、僕はなんて浅い恋をしてきたんだろう。

キム次長が言うほど経験豊富じゃないけど、それなりには女性とつきあってきました。

でも、今考えれば、本当に愛していたとは思えない。

チェリンに対しても、あのときには、確かにときめいていたし、愛しいとも思っていたんだ。それなのに、彼女が嘘をついていたとわかったとたん、彼女への思いは急速に冷めていったのです。

自分でもどうすることもできないほどに。

あなたに対する恋は、初めてあなたの涙を見たときから始まっていたのかもしれない。

それまで経験したことのない想いに戸惑ってしまって、あなたに不愉快な思いをさせてしまった。

いつもの冷静な僕なら、あんなことなかったはずなのに。
ユジンさん、あなたが僕のものになったと思ったとき、僕はひそかに夢を抱いていたんですよ。それは、僕がプロデュースする建物をあなたがデザインして、世界中に二人の作品をつくっていくことです。

おかしいですか？　でも、あなたと僕ならできると思いませんか。
でも、あなたはもういないんだ。
僕はいつものイ・ミニョンに戻って、あなたの幸せを遠くから祈っています。
あなたに会えたことを、神様に感謝して。

本当の愛を、教えてくれてありがとう……。

美しい人

その人の髪は艶やかでやわらかく、いい香りがした。
その人の瞳は汚れがなく、どこまでもまっすぐで澄んでいた。
僕は今、その人から背を向け、その人を手放そうとしている。

「ユジンさん……ごめんよ……。
僕があの初雪の日に現れたばかりにユジンさんの心をかき乱してしまったね。
過去のぬぐい去れない傷を、僕がまた呼び起こしてしまったんですよね……。
ユジンさん、僕はもうユジンさんの目の前から消えると決めたんです……。
そのほうがユジンさんが幸せになれると信じて……」

僕は今、こうやってペンを手にとり、彼女が読むであろう手紙を書き綴っている。
彼女がこの手紙を読んでいるころには、僕はもう彼女の前から消え去っているだろう。

「僕のことはもう忘れてください……。

愛した人はあなたですか？　もう一度、愛してもいいですか？（第14話より）

なぜなら僕は、ユジンさんが一番会いたがっているジュンサンではないからです……最後にユジンさん、あなたに出会えてよかったです……お元気で。イ・ミニョンより」

僕はユジンさんを手放したくはなかった。けれど、そういうわけにはいかなかったんだ。僕が愛した人。その人は……まるで白く輝く雪のように繊細で。

美しい人だった……。

ミヒ〜愛のソレア

あの人を愛した記憶が、今また私を苦しめる。時がたっても、愛は切ない……（第19話より）

ジュンサン、ごめんなさい。

今の私には、その言葉しか言えないわ。


ひどい母親よね。

私は、あなたから一番大切な人を奪ったのだから。


でも、ヒョンスとあの女の娘だなんて……。

私は、どうしても許せなかった。

理屈じゃなくて、いやだった。だって、ユジンさんはヒョンスにそっくりだった。

ユジンさんをみていると私は、ヒョンスへの愛憎がいやが上にも、わき上がってきたわ。

どうしようもないほどに……。


昔の忘れたくても忘れられない古い傷跡が痛んだわ。

あんなに魂を寄せあっていたのに。あんなにも愛しあっていたのに。

「ミヒ。君は強いから、ぼくがいなくても、大丈夫だろ」って。

私を捨てたヒョンス！あなたは、大切なことを忘れてるわ。私が女ということを。

ピアノがあっても、強くても、命がけで愛した人から突然に別れを切り出されて、どうして、納得ができて？

ユジンさんに、罪がないことはわかってるわ。

三十年も前のことに固執して、あんな子どもじみたウソをついて、あんなに愛しあってたジュンサンとユジンさんを引き裂いたことは、人間として、母親として許されないことも。

もう二度と、ジュンサンはイ・ミニョンのときのようなやさしい笑顔で「母さん」と呼んではくれないでしょうね。

でもね、ジュンサン。

あなたがユジンさんを愛したのと同じくらいに、母さんもヒョンスを愛したわ。

それだけは信じて！

ジュンサン、そしてユジンさん。

本当にごめんなさい。

スノークリスマス

出会ったあの日も、あなたの好きな季節。今日と同じ、あなたの好きな白い雪の日……（第20話より）

パリ、シャンゼリゼ通り。

街路樹のイルミネーションに灯がともり、街中がライトアップされ、パリが一年で一番輝く季節……。ユジンは一人街路樹を歩きながら想いにふけっていた。迷っていたのだ。

パリに来て二度目のクリスマス。故郷には一度も帰っていなかった。


ポケットにはソウル行きのチケット。パリに来てからは経験することすべてが新鮮で、いい環境だった。あの別れの日までの出来事が遠い昔のことのようで、ジュンサンのことは心の奥の大切な場所に封印されていた。今、帰ってしまうと心の時計があの日に逆戻りしてしまいそうで……。

パリのアパートに戻るとユジンは受話器を手にしていた。

「ママ!! 明日パリを発つから。うん! 大丈夫! サンヒョクとチェリンが空港まで迎えに来てくれるから!」

母の声を聞いたら帰らずにはいられなかった。

「ユジン！　おかえり！」懐かしいサンヒョクの笑顔。

「ただいま！」チェリンの姿はなかった。

「チェリンは大事なパーティから抜け出せないらしいよ」チェリンらしかった。

ユジンを乗せた車は、懐かしい灯りのともったソウルの街並みを映しだしていた。

「ユジン、ちょっと寄り道しようか」

サンヒョクの車は灯りがともった大きなクリスマスツリーの前に停まった。

「ユジン、降りて……」サンヒョクの車はユジンを降ろすとそっと姿を消した。

ユジンはツリーを眺めた。そしてその灯りの向こうには、ジュンサンが立っていた。アメリカから戻っていたのだ。

突然の出来事に驚くユジン。二人は言葉もなく、しばし見つめあっていた。

ユジンの頬に白く光る物が……涙……？　いや、雪だ。

ジュンサンがユジンの頬にそっとふれた。

「メリークリスマス……ユジン……」

あの恋しかった優しい笑顔。ユジンの目から涙があふれた。

「メリークリスマス……ジュンサン……」

気づくとジュンサンの手は氷のように冷たかった。

「いつからここで……？」

「わからない、ユジンが僕を待っていてくれたように僕もユジンを待っていたかったんだ」

ユジンは、涙でジュンサンの顔が見えなくなった。

ありがとうが言葉にならなかった。

降りだした雪は二人を祝福するかのように美しかった……。

この家は〈不可能な家〉。でもあなたと再び出会えたら、それは不可能を可能にする家（第20話より）

最高の日

ユジンから電話があった。

「ジョンアさん、あの家……ジュンサンが建てた家だったの」

「まさか！　会ったの？」

ユジンは涙で声をつまらせながら「うん……」と答えた。


こんな偶然ってあるのかしら。

運命って本当にあるんだ。

私がユジンに、そっくりな家があるってことを話したのも偶然？　必然？

そんなこと、もうどうでもいい。


もう二人は離れちゃだめ！

ずっと前から二人を見てきた。スキー場で仕事をしていたころのこと、愛し合っていたのに離れなければならなかったこと……。

思い出せばきりがないほどのいろいろな出来事が、走馬灯のように頭の中を駆けめぐり、自分のことのように胸が熱くなった。

あれから一ヵ月。今、私は教会にいる。視線の先には、ユジンと理事が暖かい陽射しに包まれながら立っている。

ユジンが私のほうを見た。声には出さず、「あ・り・が・と・う」って。

そして理事の肩に触れ、なにかささやいた。すると、理事が私のほうに向かって笑顔で礼をしてくれた。

見えてないはずなのに、目が合ったような気がした。

あんなに穏やかで幸せそうなユジンの表情を見たのは初めてかもしれない。

ユジンをずっと妹のように見てきた私は、二人の姿に涙があふれて止まらなかった。

「もう、あんたたちのことは安心して見守っていいんだよね……」

「ユジン、私はこれからもあなたの姉として、どんなことがあっても味方でい続けるからね。私も……自分の幸せを見つけるわ。運命の出会いじゃないかもしれないけどね」

そう心の中でつぶやくと、自然と笑みがこぼれた。

ふと隣に目をやると、自分と同じように涙を浮かべる人がいた。キム次長だった……。目が合うと、二人はほほえんだ。言葉を交わさずとも、とても温かい優しい気持ちになる。

「私、幸せになれそうな気がする」

「ユジン、理事、今度こそ本当に幸せに。もう一生離れちゃダメよ」

心の中でつぶやくと、また笑みがこぼれた。

こんなに幸せな気分。

最高にうれしい日に……。

決断のとき

小さな偶然が、運命になる。だから私たちが、ちょっとの偶然をつくってあげる……（第20話より）

「それにしても、腹がたつったらありゃしないわ」

 ジョンアは電話を切ると、また興奮した様子で事務所の中をウロウロと動き回った。

 ユジンに頼まれた、あの〈不可能な家〉の建つ場所を捜すのは容易なことではなかった。どうしても教えられないという雑誌社に大学時代の同級生の、そのまた友達の旦那さん……とツテをたどって、やっとの思いで調べた住所をさっそく、電話でユジンに知らせたところだ。

 まったく、人のアイデアを盗むなんて許せない。しかも、よりによってユジンの初めての設計デザインをそっくり盗むなんて。住所以外の部分はメールで送るって言ってたから、そろそろ届いてもいいころよね。ジョンアはパソコンをにらみつけた。そのとき、メールの着信音が響いた。

「来たわね、見てなさいよ。設計者も事務所も、みんな訴えてやる。このポラリスのジョンアさんを甘く見るんじゃないわよ！」パソコンが壊れるんじゃないかと思うほどの勢いに周りの人間が心配して眺めていると、ジョンアは視線に気づいた。

「あー、あんたたちは気にせず、ほら仕事、仕事！」

 ところが、パソコンの画面を見つめていたジョンアの顔色が変わった。

「なに、これ?」

ジョンアは放心したようにつぶやいた。

「どうしたんですか、ジョンアさん? パソコンの故障ですか?」

新しく入ったばかりの事務の女の子がそばにやってきて、パソコンの画面を覗きこんだ。

画面はちゃんと映ってる。内容を読み上げた。

「え〜と、施主、カン・ジュンサン、施工、マルシアン、設計、チョン・ユジン、カン・ジュンサン、あら、めずらしいですね、住宅の設計を二人がかりでっていうのも。で、これがどうかしたんですか、ジョンアさん、ジョンアさん?」

ジョンアはもうなにも耳に入らず、といった感じで考え込んでいた。

「そうだわ、マルシアンに電話してキム次長を出してもらって!」

事務の女の子は、これ以上様子がおかしくなったら大変とばかりに電話に飛びついた。

「あぁ、ジョンアさん、二週間ぶりですね。この前の日本料理店のすきやきは最高でしたねえ」

なにも知らないキム次長はのんびりと言った。

「そうよ、二週間ぶり。私たち、そのくらいしょっちゅう会って、飲んだり食べたり、どうでもいい話をしてきましたよね。なのに、肝心な話はしないんだから!」

「ちょっと、待ってくださいよ。なにを怒ってるんですか。あぁ、あのすきやきの肉が、実は日本産じゃないってことですか？」

「なに言ってるんですか。そうじゃなくて、家。〈不可能な家〉のことですよ。前に話したでしょう、ユジンが設計した家の話ですよ」

興奮するジョンアとは対照的に、キム次長は一気に血の気が引く思いだった。

「なんで、それを？　えっ？　あれは、ごく一部にしか出まわらない雑誌で、それに持ち主も場所も伏せておくと言う約束で……」

「そうよ、だからユジンが場所を知りたいって言うんで、調べるのに私の人脈を総動員したのよ、そしたら、なに、こんなことって」

「ちょっと待ってくださいよ。ユジンさんにもバレちゃったってことですか？」

「いいえ、ユジンは場所しか知らないわ、でも、今ごろ、向かっているはずよ」

「それは、まずいですよ、いや、今はとくに」

「今でもあとでもまずいでしょう」

「いや、今は本当にまずいんです。今、あの家には理事が……」

「理事が、いるの？」

二人は黙り込んでしまった。長い沈黙の後で先に口を開いたのはキム次長だった。

「しかたがない、私が今から理事に電話しますよ。なんとか顔を会わさないように……」

それまで黙り込んでいたジョンアが覚悟を決めたように口を開いた。

「やめましょう、キム次長。もういやですよ。私たちはこの三年間の二人の想いも、苦しみも、わかっているじゃないですか。どうすることが二人のためなのかってことも」

「でも、でもですよ、ユジンさんは理事の目のことを知らないんですよ。突然、そんなことがわかったら……」

「だからですよ。それも含めて、二人の運命なんです。そして、今は、私たちの決断のときなんですよ」

言い終えたジョンアの目から涙がこぼれた。キム次長が長いため息のあとで、つぶやくように言った。「じいやとばあやは、二人を信じて見守るしかないんですよね」

その夜、ジョンアとキム次長は先日の日本料理店ですきやき鍋をつついていた。二人とも無言で、出るのはため息ばかり。

「それにしても、今ごろ、とっくに着いてるはずよね。着いたら電話くれるって言ってたのに、電話がこないのは、良いほう？　悪いほう？」

ジョンアはだんだん不安になっていった。それを察したようにキム次長が「良くても、悪くても、それが二人の運命なら私たちもともに、それを受け入れましょう」と明るく言った。

そのとき、ジョンアの電話がなった。ユジンからだ。

「もしもし、ユジンね、ユジン、大丈夫？」なにが大丈夫なのか、頭が混乱している。

「ジョンアさん、あのね、ジョンアさん、私ね……」

電話の向こうではにかむように笑うユジンを感じた。

ジョンアはキム次長に向かって満面の笑みでピースサインを出した。

「やれやれ、やっと、じいやとばあやに御役御免の日が来ましたか」

そうつぶやくキム次長の目に、涙が浮かんでいた。

第三章　不可能な家で

この世に「偶然」があるのなら、
私の「偶然」はあなたに出会うこと。
この世に「運命」があるのなら、
私の「運命」はあなたと結ばれること。

運命のカード

〈不可能な家〉で再び出会えた二人。ユジンの瞳に映る、昔と少しも変わらないないジュンサン。だけどジュンサンの瞳には、もう自分が映ることはない……。

「ジュンサン、私ね、三年前にジュンサンが病気だったこと、私とあなたが兄弟じゃなかったこと、サンヒョクから聞いていたのよ。それで、あなたがアメリカに起つとき、すぐ空港に行ったわ。……だけど、あなたに会えなかった。ねえ、ジュンサン。私、あなたを一人でアメリカに行かせたこと後悔してるの。私たち離れるべきじゃなかったのよ。あなたの瞳に映る最後の人でいたかった。でも、またあなたを失う怖さでなにもできなかったの……」

ユジンは、胸のつかえがとれたかのように泣き出した。

ジュンサンはそっとユジンの頬の涙を触った。

「泣かないで、ユジン。僕は今うれしいんだ。こうして僕を見つけてくれて。会いたかった」

ジュンサンはユジンをきつく抱きしめた。

「もう私たちずっと一緒にいられるのよね？　ううん、もう絶対離れたりしないいんだから」

自分に言い聞かせるように言ったユジンに、ジュンサンは優しくほほえんだ。

「僕たち、ずいぶん遠回りした気がする」

「そうね、でも私はいつかあなたに会える気がしたわ」

「？」

ユジンはカバンの中から一枚のカードをとりだし、ジュンサンにわかるように手のひらに持っていった。

「これ……カード？」ユジンは少しほほえんだ。

「ジュンサン、覚えてない？　タロットカード。『運命の輪』のカードよ。あなたがアメリカに行ってしまったあと、どこからかフッと出てきたの。捨てようかとも考えたけど、どうしても手放せなかった。捨ててしまえばもう本当に終わってしまう気がして……そのとき思ったの、私はジュンサンを一生忘れることができないんだって」

「ユジン……」

ジュンサンはジョンアさんに占ってもらったときのことを思い出した。まだイ・ミニョンだったころの記憶。あのとき、ユジンと同じカードを引いたとわかったとき、運命を信じよう、信じたいと思った。思えば二人が出会った最初から今までは、やはりこの運命の輪のようなものだった。

「信じていれば必ず会えるって毎日願ってたわ、私、待つのは慣れっこだから」

ユジンは少女のような笑顔で笑った。

「僕は君を忘れようと、必死だったよ。だけど、忘れようとすればするほど……ユジン、君の顔が浮かんできた。失明してからは、もっとひどかった。つらかったよ」

ジュンサンは深いため息をついて話し続けた。

「だけど、ユジン。思い浮かんだ君の顔はみんな幸福に満ちた顔だったし、思い出すのはみんな楽しい思い出ばかりだったんだ。毎日、毎日思い出しているとだんだん忘れようとする気持ちが変化していくのがわかったんだ。もう我慢できなかった。僕は思わず声に出したよ」

「なんて?」

ジュンサンがユジンをまっすぐ見つめた。ユジンがジュンサンは見えているのかと、一瞬錯覚するほどに。

「会いたい、ユジン。会いたいよ」

そのときユジンは思った。ジュンサンも私と同じ気持ちでいてくれたんだ!

二人が離れてから三年。決して短い月日ではなかった。一人では寂しくて、だれかに寄りかかりたくなるときもあった。だが、ジュンサンもユジンも忘れることができなかった。あんなにも愛しさで胸が震え、涙した時間を。そんなふうに愛した人のことを……。

ジュンサンとユジンは、今やっとポラリスにたどりつけたと思った。

ジュンサンはユジンというポラリス、ユジンはジュンサンというポラリスに。

ジュンサンはユジンの手をとり、口を開いた。

「チョン・ユジンさん、僕と結婚してください」

ユジンは少し目を潤ませ、「はい」とうなずいた。

そしてジュンサンの首に手を回して抱きしめた。

「生きていてくれてありがとう！　ジュンサン！」

新しい命

「ユジン、走っちゃだめだよ。もう一人の体じゃないんだから」

「わかってるわよ、もうジュンサンったら心配性なんだから」

ユジンとジュンサンは一度別れたけれど、もう一度再会してやっと結婚することができた。ジュンサンは事故の後遺症で目が見えないけれど、そんなことも関係なく幸せな生活を送っている。そして……今、ユジンのお腹の中にはジュンサンとの新しい命が宿っている。

「ねぇユジン、もう男の子か女の子かわかるんだよね？」

「どうかしら」

そう言うとユジンは少し笑ってみせた。

ユジンはお腹の子がどっちかわかっていた。けれど、生まれるまではジュンサンには内緒にしてある。驚かせたいから……。

「ねぇ、ユジン、僕は目が見えないけどユジンとこの子は一生かけて守るから。ユジンに迷惑をかけることが多いけど、今まで悲しませた分、幸せにするから……。この子と仲良くやろうね」

「そうね。三人で仲良く……ね」

「愛してる、ユジン」

「私も愛してるわ。ジュンサン」

……来月には新しい命が誕生する。

ユジンとジュンサンとその子ども……三人の明るい未来に。

旅立ち

あれから五年──。ユジンはジュンサンと結婚をし、二人の子どもに恵まれ、満ち足りた幸せな生活を送っていた。

「ママ、おやすみなさい」「おやすみなさい。さあ、これからは私の時間ね。ジュンサンは今夜も遅いし、私も自分の仕事を早く片づけましょう」

そう独り言をいいながら、部屋に入り机の引き出しを開けると、そこには、サンヒョクと写した昔の写真があった。

サンヒョク……まだ結婚もしてなくて、私のこと、うらんでるわよね。きっと。

考えてみると、いつも、私はサンヒョクに助けられていた。幼稚園のときからずっと。

過去に思いをはせていると、ドアが開いた。そこには、ジュンサンが立っていた。

「お帰りなさい。少しも気づかなかったわ。ごめんなさい」

「ぼくに、気がつかないくらい一生懸命に、なんの考えごと？」

「別に、仕事のことよ」

「ユジン、正直に答えて。君の瞳に映るのは、僕一人か？　サンヒョクはいないのか？」

「それは……。ジュンサン、私たちは友だちよ。そうでしょ」

ユジンは、自分を説得させるように、明るい声で言い、ジュンサンに笑いかけた。


次の日――。ジュンサンは、ラジオ局にサンヒョクを訪ねていた。

「やあ、ひさしぶり！　何年ぶりだろ。結婚式は仕事が忙しくて、行けなくてごめんよ」

「君も元気そうだね。サンヒョク、君はなぜ結婚しないいんだ」

「別に、結婚しない主義でもないいんだけど。しそびれちゃってね」

「ユジンをまだ愛してるからじゃないのか。ユジンも僕と結婚して、五年にもなるのに、ときどき遠くを見て寂しい目をするんだ。ユジンの心には、サンヒョク、君がいるんだよ。僕が記憶をなくしている間、君たちは恋人同士だったんだから。そう簡単にユジンの心から、君が消えるとは思わないよ」

「僕も忘れたことはないよ。君がユジンを知る何年も前からユジンを知っている。髪の長い愛らしい少女時代からね。僕は、小学校のころから、ユジンと結婚しようと決めてた。その夢を奪われたんだよ、僕は。わかるかい、そのくやしさが。何度も自分を納得させようとしたよ。でもだめなんだ。だめな奴だな。僕も」

サンヒョクは寂しそうに、髪をかきあげながら笑った。

「俺たち、兄弟だな、やっぱり。愛した人まで同じなんだから」とジュンサンも寂しそうな笑顔をみせた。

「ジュンサン。僕は近いうちにパリに行くんだ」

「え、え!? いつかは帰ってくるのか」

「パリ支局の支局長になるんだ。笑って、送り出してくれよな。きっとパリで、なにかを見つけられる気がするんだ」

「そうか。さよならは言わないよ。サンヒョク」

二人は笑って握手をして別れた。


サンヒョクが旅立ったのは、その三日後——。

ユジンは、空を見つめながらつぶやいた。

「さよなら、サンヒョク。ありがとう。あなたも幸せになって。私もあなたに負けないくらい、もっともっとジュンサンと幸せになるわ」


「ジュンサン、早く起きないと、遅れるわよ」

明るいユジンの声が家中に響きわたった。

三人の旅立ちの朝である。

冬の終わりから再び初雪へ

ジュンサンが目覚めると、腕の中にいたはずのユジンがいなかった。もう起きた……？　ぼんやりと時計を耳に当てると「午後十二時三十分です」と事務的な声がした。

僕が寝過ぎたのか。

二人がこの〈不可能な家〉で再会して、四日が過ぎた。

本当なら再会したあの日、ジュンサンはソウルへ行き、すぐにでもニューヨークへ帰るはずだった。

しかし、偶然にもユジンと再会し、ジュンサンはキム次長に帰国を一週間遅らせてもらったのだ。キム次長は、ジュンサンがユジンの名前を出す前にすべてを察し、快く承知してくれた。彼は電話を切る前に「よかったですね」とジュンサンに伝えた。

ジュンサンは一週間の間に、自分がどうするか決めるつもりだった。もしかしたら三年の間に二人に距離が出来ているかもしれない、ジュンサンほどユジンは相手を必要としなくなったかもしれない、ジュンサンはそんな不安を抱えていた。

しかし、二人でいるとき、ジュンサンにそんなことを考える余裕はなかった。ユジンが隣にいるだけで、胸がいっぱいになり、細かいことを考えたくなかった。それが、すでにジュンサンのこれからを決めていた。

ジュンサンは、隣のリビングから漂うコーヒーの香りに引きずられるように、体を起こした。ユジンが台所に立っている姿を想像すると、思わず笑みがこぼれた。

昨晩ジュンサンは四日間そうしてきたように、ユジンを抱き締め、眠ろうとしていた。寝静まったユジンの腰に手を回し、彼女の胸に顔をうずめた。

ユジンのぬくもりと、静かな寝息と、規則的な鼓動に包まれたジュンサンは、知らないうちに涙を流していた。止まらない涙に身をまかせ、ユジンの胸でジュンサンは泣き続けた。やがてジュンサンが眠るころには、ユジンのカーディガンに涙の跡が残っていた。

ユジンは昼食の用意を整え、ジュンサンが起きてくるのを待ちながら、開け放たれた窓から海を見ていた。コーヒーの香りに包まれながら、ユジンは昨晩、自分の胸で泣き続けていたジュンサンのことを思った。まだお互いの三年間の話をしていなかったが、ジュンサンがどんな思いで闘病生活を送っていたのかと思うと、胸が痛んだ。

「ユジン?」

ふいに呼ばれて振り向くと、ジュンサンが台所のほうを向いて立っていた。

「ここよ」ユジンが答えると、ジュンサンはゆっくりとした足取りで、彼女のほうへ歩いてきた。近づいて来た彼の手を取ると、ユジンは自分の隣に並ばせた。

「おはよう……おそよう？」

ユジンの冗談に、ジュンサンは思わず笑い「おそよう」と返した。

「寝坊しすぎよ。昨日何時に寝たの？」

「……覚えてないや」

「もう、ベッドに入ったの、同じ時間じゃない」

ユジンはあきれた声を出した。そして、わずかに腫れている彼のまぶたにそっと触れ、寝起きで乱れた髪をなでた。ジュンサンはその手を握りながら、窓のほうを向いた。

ユジンもそれにならい、二人は並んで潮風に吹かれていた。

「ユジン……フランスはどうだった？」ジュンサンは静かに尋ねた。

ユジンは海から目をそらさぬまま、話し始めた。

「……きれいなところだったわ。街には古い建物がたくさんあって、景色全部が絵画みたいだった。学校の友だちもみんな優しかったし。休日になると、だれかの家に集まってパーティーをしたりして……」

ジュンサンはユジンの言葉を聞きながら、穏やかな気持ちになった。自分と別れたあと、ユジンにまで苦しい思いをさせ、三年間悲しませ続けたのではないかと不安に思っていたからだった。

「幸せになるっていう、僕との約束は……？」

楽しげな声で話を続けていたユジンは声をつまらせた。今までの三年間の中から、楽しい思い出だけを懸命に探しながらしゃべり続けていたが、それも限界だった。

「フランスには美しい景色も、古い建物もたくさんあふれていたし、優しい友だちもいたわ。けれど、私が三年間、フランスのどこを探してもないものがあったの。なんだと思う？」

「なに？」

「幸せ……」

ユジンの目からスッと涙が流れた。けれど、ユジンは声を詰まらせることも、肩を震わせることもなく、静かな涙を流しながら話し続けた。

「それだけが見つからなかった……。幸せは、私が手放してから三年間、ずっとニューヨークにあったから」

ジュンサンの胸が激しく痛んだ。ユジンが泣いていることに気づいたからだ。ジュンサンはユジンをきつく抱きしめた。

「このまま、一生戻ってこないと思ってた……」

ユジンは声を上げて泣き始めた。

「ユジン、君とソウルに帰るよ」

ジュンサンは腕の中で泣くユジンにそっと、言った。

「一緒にいよう」

やがて、夏から秋へと季節が移り変わるころ、色づき始めた木々を見上げ、それを丁寧にジュンサンに説明していたユジンがそっと切り出した。

「ジュンサン、私はあなたを幸せにできますか？」

幸せの鈴

「……あ」

ふいに、僕の前を歩くユジンが足を止めたようだった。

「ユジン？」

なにが起きたのか、光を映さない僕の目では分からない。

とたんに会話のなくなったユジンに、不安がこみ上げる。

「ユジン？」

なにかあったのか、聞こうとした矢先、

——ぴとっ
「！！？！？？！」

突然、頬になにかがあてがわれた。ふわふわぷにぷにした、妙な触感のモノ。

「ユ、ユジン？」

「みゃあ……」

返事をしたのは、ユジンではない。「ジュンサン、わかる？　ほら、子猫」

頬にあてがわれたふわふわぷにぷにしたモノは、どうやら子猫の肉球らしい。

「どうしたんだい？　この子……」

「道端にいたの。首輪がないから、たぶん、捨てられたのよ」

ユジンの声が耳に届く。

「ひどいわ、こんなにかわいいのに……。泥だらけなのよ、この子」

猫をいたわる、ユジンのひどく悲しげな声。本当に、優しい人……。

「ユジン、ちょっといいかい？」

「なぁに？」

ポケットから、僕はあるものを取り出した。今までカバンに付けていて、気がついたら紐がゆるんで外れていた「それ」を手に、僕はユジンから子猫を受け取った……。

「みゃあ……」

公園の一角、雨をしのげる場所に、毛並みの綺麗な小さな子猫がいる。

飼い主はなく、しかし、その前足に鈴を巻いている。

その鈴の音は悲しげに、しかし気品良く鳴り響く。

幸せを呼ぶように……もうすぐ春を迎える……冬の空に……。

お互いの心の家

「ユジン！」「ジュンサン！」

再会した二人は、これからが本当に一緒に歩む道だということを強く感じていた。

どれくらいの時間が過ぎただろうか、ジュンサンは腕の中のユジンに語り始めた。

「ユジン、本当はこの家、今年のクリスマスにプレゼントしよう思っていたんだ」

「えっ？」

「またあのときみたいに、テープに〈ここで待ってる〉って入れて送ろうと考えてたんだ」

ジュンサンは優しいほほえみをみせた。

「ジュンサンだめよ！　またいなくなっちゃうじゃない！　だめよ！」

ユジンは高校生のころ思い出したのか、悲痛な声で叫んだ。ジュンサンは、「ごめん、ごめんねユジン。君を苦しめるつもりじゃないんだ。君がいたから、僕が生きてこれたこと伝えたかったんだ。ごめん！」と、しっかり抱きしめた。

二人はあらためて今のこの時間を、腕の中で、胸の中で感じていた。

（神様、ジュンサンに会わせてくださってありがとうございます。私はこれから、ジュンサンと一緒に生きていきます）ユジンは、心に誓っていた。

再会してからここで暮らすことを決めた二人はそれぞれの仕事の移動などのため、何度となくソウルやアメリカを訪れた。

それぞれにサンヒョクたちを訪ね、二人で暮らすことを伝えるとみんな心から喜んでくれた。ユジンだけが出かけるときは、ジュンサンのことはハンナさんという人にお願いをしていた。ハンナさんは二人のことを、自分の子どものように見守ってくれていたので、いつも安らいだ気持ちで生活ができた。

そんなある日、二人に初めての仕事が舞い込んだ。

それは、かつてこの家を注文し、コストがかかると断った人物。家を訪ねてきて二人を気に入り、「ぜひ二人に私の住まいを建てて欲しい」と……。

また新しい道を一緒に歩くことになって、ジュンサンはプッと吹き出し、笑ってしまった。

ユジンにはわからないと思っていたのに「なんなの？」とユジン。おっちょこちょいの彼女の姿を思い出したらおかしかったとは言えず、しきりに「なんでもない、なんでもない」と繰り返すジュンサンだった。

楽しい仕事になりそうだ。

「二人を信じてる。妻にプレゼントしたいから」

ソン氏から依頼された家に、取り組む二人。

ユジンのデザインに、ジュンサンの考えを取り入れていった。

「ねぇ、ユジン」「なに？」「僕がこの家をつくるとき、一番に考えたこと知ってる？」

ユジンは手を休め、ジュンサンの耳元で「色でしょ？」と答えた。ジュンサンはほほえんでうなずいた。

「ユジンにはわかるんだ。ソン氏の家も、奥さんの心の家にしてあげたいね」

「うん」とうなずいたユジンは、ジュンサンにもたれながら話しかけた。

「ジュンサン。ソンさんの奥さんの心ってね、私と一緒かもね。わたしがジュンサンを愛してるみたいに。こんなふうに……」といってジュンサンの頬に軽くキスをした。

「じゃあ僕の心みたいに、ソンさんの心も愛でいっぱいだね」

と、ユジンを抱きしめ、軽く口づけをし、安らいだひとときを過ごした。

ソウルの郊外にもうすぐソン氏夫妻の心の家が建とうとしている。

ところが、完成が近くなったソン氏の家のことで、ジュンサンとユジンの意見が対立した。「心の部屋」をつくったが、その内装のことで考えが違っていたのだ。ブルーを望んでいるソン氏に応えようとしてるのだが、わずかな色の違いで……。

そんな二人の様子を見ていたソン氏は、「この部屋に、あるものを飾ろうと思ってます」と言った。「お二人の家の絵ですよ。あなたたちがいたから、この家が建ったんです」

二人は熱いものがこみ上げてきた。

ジュンサンは「ユジン、君の好きな色でやってごらんよ」と提案した。

ユジンの目から涙があふれたのをジュンサンは感じていた。

「ソンさん！　ありがとうございます。私、幸せに、もっともっと幸せになれる自信がつきました」ユジンはソン氏に答えた。

それから一ヵ月後、ソン氏夫妻の心の家は完成した。丸二年かかったが、ソン夫人がそのプレゼントを心から喜んでくれたのは、ジュンサンとユジンにとっても大きなプレゼントだった。しかし、もうひとつプレゼントがあることを、ジュンサンだけは知らなかった。

クリスマスに、ソン氏宅で完成パーティーがある……。

ソン氏の家の仕事を終え、二人はひさしぶりにゆったりとした気持ちで海を眺めていた。するとハンナさんがココアを入れながら「二人ともいい顔してるわねえ。ねぇ、もういいんじゃない？　お互いに、まだ言いたいことあるんじゃない？　言ってしまったら？」

「えっ！」「ハンナさん、どうして……」

ジュンサンもユジンも、お互いにまだ心に残ってることがあることに、そして、それをハンナさんが気づいていたことに驚きを隠せなかった。

ユジンは涙とともにこみ上げるものを抑えきれなくなった。

「なぜ、あのときあなたはトラックの前に出たの？　私が事故に遭っていれば、今でもあなたの目は見えていたはずでしょ？　私のせいで……」

「ユジン！　君はずっとそれを気にしてたのか？　僕は君を助けることができてうれしかったんだよ。ただ、君にこの目のこと、重荷にさせたくなかったのに……」

しばらく、二人の涙は止まらなかった。

どれくらい時間がたったか、夕焼けが海を染めはじめたころ、ジュンサンはユジンを抱き寄せ、そっとささやいた。

「ユジン、結婚式しようか」

もちろんユジンは笑顔でうなずいた。

二人はソン氏の家のことで忙しくて結婚式を挙げてなかったのだ。かつてユジンにプロポーズをした教会で、二人だけで式を挙げることにしたが、ユジンはチェリンに会うため一足早くソウルへ向かうことにした。

出発前、ユジンがジュンサンに言った。

「ねぇ、カン・ジュンサンは世界一素敵な旦那さまだからね！　素敵な笑顔忘れてソウルに来ないでよ！」

数日後ハンナさんとともにジュンサンもソウルに向かった。

二人だけの結婚式のため、ユジンがジュンサンより一足先にチェリンに会いに行くと「待ってたわよ！　さあ早くこっちへ来て」と、チェリンはユジンを試着室へ案内した。そこには、二人の結婚式のためにと、タキシードとドレスが用意してあった。

「チェリン……」

「どう？　いいでしょ。あたしもこれで二人に認めてもらえるわね。ユジン、優しい顔になったわね」

チェリンは、ユジンが優しい顔をしているのがなぜなのかを知っていた。

あらためて友情を確かめて、ユジンはジュンサンと約束の教会へ向かった。

ジュンサンは、誓いの言葉ではなく、あのプロポーズの言葉をもう一度言った。

「結婚してくれますか?」今度はもちろん「ハイ!」とユジンは答えた。


二人が扉を開けて外に出ると、サンヒョクとチェリンが出迎えてくれた。

「あっ! その車」とユジン。

「その音、僕の車だよね。ユジン、あれは……?」とジュンサンがなにかを探そうとする。

「大丈夫だよ。きみたちの宝物だろ、捨てやしないよ」

運転席の上にはポラリスが貼ってあった。

サンヒョクは、ジュンサンの車を大切に保管していたのだ。


「さあ、新郎新婦! これからクリスマスパーティーの会場までお連れします」

ソン氏宅で行われた完成パーティーは盛大なものだった。ソン夫人が二人に言った。「ジュンサン、ユジン。素晴らしい家をありがとう。これからの生活がとっても楽しみよ」。二人はとてもうれしかった。

「それにしてもユジンさん、優しい顔になったわねぇ」「えっ?」

ジュンサンは、だれもがユジンに同じことを言うので、不思議に思った。

するとチェリンが尋ねた。「あれ？　ユジン、ジュンサン知らないの？」

うなずいたユジンを見て、つかつかとチェリンがジュンサンの前に立った。

「ちょっと！　ユジンを大切にする気あるの？　愛してるの？　ユジンはもう、一人の体じゃないのよ！」

ジュンサンは驚いた。

そして、気づかなかった自分をくやしく思った。チェリンが言った。

「二人の服にポラリスを刺繍したのは、これから生まれてくる子どもたちのポラリスになって欲しいからよ。ジュンサン、ユジンをお願いね」

ジュンサンは、ユジンから大きなプレゼントをもらったのだった。


会場にいたみんなからも祝福してもらい、二人はとても幸せだった。これからも、二人がつくる心の家は大きく育っていくだろう。ジュンサンは、その家をユジンと、そして新しい家族とともに守り続けようと強く思った。

（神様、ユジンに出会えたことに感謝します）

涙のソナタ〜奇跡を起こしてくれた人〜

ジュンサンが逝ってしまってから三ヵ月後に奇跡が起こった。

ジュンサンは、私に大切な宝物を残していた。私とジュンサンの間にジュンサンの生まれ変わりになる子がお腹の中にいるというのがわかったのだ。男の子だった。名前はジュンサンからとってジュンヒと名づけた。あれから三年の月日が流れ、ジュンヒも大きくなり穏やかな日が流れていた。


「ジュンヒ、ママ今日少し遅くなりそうなの。なるべく早く帰ってくるようにはするからね」「……？」「ジュンヒ？」「わかったよ……ママ行ってらっしゃい」

「あれー？　ジュンヒ、寂しいのかな〜。ママがいないとダメ？　ママはジュンヒのこといつも信じてるのよ。それにジュンヒは男の子でしょ。ママ、ジュンヒには優しくて強い子になってもらいたいの。ジュンヒのパパはとても優しくて強い人だったのよ」

「僕のパパ？」

「そうよジュンヒはそのパパの子なんだから、きっとなれるわよ。それにジュンヒはパパに似てるわ」

そう、私はジュンヒをジュンサンの生まれ変わりだと思い続けている。ジュンヒの顔はあの日私が愛したジュンサンの面影を残し、私は今成長していくジュンヒの姿を見守っている。

「さぁジュンヒ、もう寝る時間よ。ママはまだお仕事が残っているんだけど……。ママはジュンヒが夢の中へ入るまで横にいるから、ゆっくり寝ていいのよ、ジュンヒおやすみ」

「おやすみなさい。でも、僕一人で大丈夫だよ。だからママお仕事がんばってきてね」

そして次の日の朝。「ママおはよう！」

ジュンヒの声はいつもより高く感じた。ふだんより早く起き、満面の笑みを浮かべている。

「おはよう。どうしたの？　こんなに早く起きてくるなんてめずらしいわ。それになーに？　そんなにうれしそうな顔して……なんでうれしいのかママにはわからないけど、ママにとってもうれしいこと？」

「うん！　ママにもきっとうれしいことだよ。だって奇跡が起こったんだよ」

「奇跡？」

「そうだよ。昨日、僕夜中に目が覚めてベッドの上に座ってたの。そしたらね、ドアの向こうにパパが立ってて、近づいてきてこう言ったんだ」

《ジュンヒ、パパだよ。ジュンヒと会うのは初めてだよね。でも、パパは遠くからジュンヒとママのことずっと見てたんだ。どうしてもジュンヒに会いたくて……。ジュンヒ、いい名前だね。パパも今では目も見えるようになって、ママとジュンヒの顔が見られてうれしいよ……》

ジュンヒの表情が真剣な顔に変わった。

「本当だよ。パパ、僕の手を握って……パパ震えてた。そして僕に……」

《ジュンヒ、ママのこと、よろしくね》

「パパ、泣きながら言ってたよ。だから思わず僕も泣いちゃったんだ。目が覚めても僕、うれしくて……」

ジュンヒは涙を流した。私はすかさずジュンヒを抱きしめた。そのとたん、私も自然と涙があふれてきた。「パパはすごい人ね。奇跡を起こしてくれる……そういう人なのかも……」

私はそれが夢だとは思えなかった。なぜかって？

今までにも、何度も奇跡を起こしてくれた人だから。

この世界中でたった一人、私を愛し、一番素敵な宝物を残してくれた人だから……。

第四章　春のソナタ

私じゃない、だれかの幸せ。
私とじゃない、あなたの幸せ。
その幸せのほんの何分の一かが、いつか私にも訪れる。
私だけの春の歌が、いつかきっと聞こえてくる。

春のソナタ

その朝はとにかく忙しかった。

「あ〜、もうこんな時間！　遅れる〜！　ユジンのドレスは、わたしがちゃんとチェックしなきゃ！　なんたって自信作なんですからね！」

ジュンサンとユジンのとびきり幸せな結婚式を見たら、わたしも新しい恋に踏み出せる。そう思って、ウェディングドレスの制作を自分から言い出したチェリンだった。

ジュンサンに恋し、ミニョンを愛した……。今思えば、わたしとユジン、愛し方は正反対だったけど、同じ人をあんなに愛せたのだからきっと似てるのよね……。似てることに気づきたくなくて張り合っていたような……、そんな気がして準備をする手を止めたチェリンは、フッと笑ってしまった。

昨日の夜、遅くまでかかってヘッドドレスをつくり直した。

「これで完璧！　さすがオ・チェリン……ア、もうこんな時間！　急がなきゃ」

車を飛ばして教会に急ぎ、駐車場に乱暴に停車すると、隣の車にバンパーを擦ってしまった。あわてて降りて傷を確認していると「たいしたことないですよ！　気にしないで！」と声がした。ふと顔を上げると、さわやかなほほえみの男性が立っていた。

「ごめんなさい！　弁償します！　わたしったらあわてて……なんてドジ！」

「本当に気にしなくていいですよ！　それよりお急ぎなんじゃないですか？」

「あ〜ッ！　そうなんです！　すみません！　わたし、江南区でブティクを開いてるオ・チェリンといいます。連絡ください弁償します！　ごめんなさい！　急いでこのヘッドドレスを届けなきゃならないので……すみません！」

早口に一気にしゃべりながら、足はもう駆けだしていた。

「本当に気にしなくていいよ！　転ばないように気をつけて！　チェリンさん！」

と後ろから大きくハッキリした声が聞こえた。走りながらチェリンはドキッとした。

なんか懐かしい気持ち……声にときめくなんて……！　ちょっと素敵な人だったな……。


教会の控え室に飛び込むと、チェリンがデザインしたドレスに身を包んだユジンがジュンサンのネクタイの曲がりを直してあげているところだった。

「遅くなってごめんなさい！　素敵よ、二人とも！　わたし、今、デザイナーになって良かったって思ってる！　二人の結婚を喜ぶ気持ちをかたちにできて！」

「ありがとうチェリン。僕はずいぶん君を傷つけた。君から祝ってもらえるのがなによりうれしいよ！　僕はユジンのドレスをこの目で見ることはできないけど、わかるよ！　君の心がこもっているということが……」

「本当、ありがとうチェリン！　わたしこんな日がくるなんて遠い夢だと思ってた……。わたしね、昨夜高校のころの夢を見たの！　それで気づいたの！　わたしとあなた、似てるのよ」

とたんにチェリンが楽しそうな笑い声をあげた。

「わたしも今朝、同じこと感じてた！　ねっユジン、わたしたち友達よね！　これからもずっとよ！」

ユジンは何度もうなずいた。二人の瞳は潤んでいた。

そのとき、ドアをノックする音がした。現れたのは、チェリンがさっき駐車場で出会ったカレだった。驚くチェリンに目くばせし「時間ですよ、お二人さん！」。

「ジュンホ！　ありがとう！　今行くよ。あっチェリン、僕のソウルの高校のときの親友でジュンホ。今は仕事のつきあいがあって、いろいろお世話になっているんだ」

そう言って、ジュンサンはカレを紹介してくれた。「初めましてオ・チェリンさん！　ユン・ジュンホと申します。どうぞよろしく！」と、右手をそっと差し出した。チェリンはジュンホの目を見ながら、吸い込まれそうな気持ちに気づいて少しよろけた。

ジュンサンとユジンの結婚式は、列席者すべてを幸せな気持ちにさせた。純愛を貫き、お互いを思いやっての別れや事故の後遺症の失明という悲しい出来事を乗り越えての再会……今日のこのよき日を迎えた二人を、みんなわがことのように喜んでいた。

チェリンも涙で瞳を潤ませて二人の様子を見守っていた。

ふと隣の席に目をやるとジュンホと目が合った。彼が優しくほほえんでくれたので、つられてチェリンもほほえんだら涙がこぼれた。（このところ仕事に没頭してたから……男性にほほえみかけられるなんて、何年ぶりかしら……）

思わず顔が赤くなるチェリンだった。ゆっくりジュンホと話をしてみたい……。

すると、「オ・チェリンさん！　外に出ましょう！」とジュンホに声をかけられた。

（え～ッ！　どうしてわたしの考えていることがわかっちゃったの!?）

目を見開いて驚いていると、「幸せな二人にライスシャワー！　ね！」。

気がつくと式は終わり、みんな立ち上がってゾロゾロと外に出ていた。

（やだ！　わたしったらなに動揺してるのよ！　なんか、わたし、ヘン……）

「あっ！　そうね」

自分の心を見透かされたくなくて、チェリンはわざとそっけない返事をしてしまった。

「チェリンさんはご結婚されてないんですか?」

二人で並んで歩いていると、唐突にジュンホが質問してきた。

「……ええ、してないわ。いい縁がなくて……今は仕事に夢中!」

「僕と一緒ですね!」

独身なんだ……。

「結婚のご予定は? ジュンホさん?」

チェリンの質問に、ジュンホはちょっと遠い目をした。「僕も縁がなくて……」

(この人もツライ恋をしてたのかも……? なんとなくそんな気がする)

「そうですか……世の中見る目のない人ばかりなのね! こんないい女といい男がシングルなんて!」

チェリンはわざとおどけてみせた。ジュンホは笑いながらうなずいた。

二人は仕事のこと、ジュンサンとの高校時代のことなどを楽しく話していた。

すると「キャー! チェリン!」「ジュンホ!」と呼ばれた瞬間、二人の間にユジンのブーケが落ちてきた。まるで天使が運んでくれたみたいに……。

そのときチェリンは、はっきりと意識した。これは運命だ!

ジュンサンとユジンの結婚式から一週間たったある日、チェリンのもとに二人から絵ハガキが届いた。

「チェリン、結婚式のときは本当にありがとう！　綺麗なドレス、大切にするね！　いつか娘が生まれたら、あのドレス着て愛する人のもとに送り出してあげるのが今のわたしたちの夢なのよ！　とても気の早い夢ねって笑わないで！　～フランスにて～

Ｐ・Ｓ　ジュンホさんはいい方よ！　わたしたちが推薦する！　まだちょっと元気がないので誘ってあげて！　電話番号は……」

今二人はハネムーン中で、ユジンが留学してたフランスやジュンサンの思い出の地を巡っているらしい。

（まだちょっと元気がない……？　なんか気になる書き方して、ユジンたら！　電話番号書いてあるけど、かけていいのかしら……アッ！　そうだ、わたしが擦ったバンパー！　彼もう直したかしら？　そうよ！　わたしの不注意なんだから弁償しなきゃ！　そうよ！）

自分に言い訳しながら書かれている番号にダイヤルした。微かに手が震え心臓がドキドキしている。

「はい、もしもし」

「もしもし、教会でお会いしましたオ・チェリンと申します」

「チェリンさん！　元気ですか？　どうしました」

相変わらず大きな歯切れのよい声に、圧倒されそうになりながらも、チェリンは車の傷を直したのかを聞いてみた。「あんなの傷じゃないですよ！　気にやまないで！」と彼は明るく笑った。

でもこのままじゃ会うきっかけにならない……。

「じゃ、ジュンホさん。お詫びに夕食をご馳走させて！　お願い！　わたしこのままじゃ気がすまないの！」

チェリンの申し入れをジュンホは心よく受け入れた。二人は待ち合わせの場所と時間を決めて電話を切った。

（よかった！　思い切って電話して！）

心臓がますますドキドキしてる。ふとユジンからもらったブーケが目に入った。〈次は君の番だよ！　がんばって！〉と、白薔薇のブーケが、ささやいているような気がした。

その日の夜、約束の場所にはジュンホのほうが先に来ていた。先日のスーツ姿も素敵だったが、今夜の彼はスポーティなポロシャツにチノパン姿。さわやかな笑顔をチェリンに向け手を上げた。心の中でチェリンは初恋をしていたときと同じくらいときめいていた。

「チェリンさん！　お招きありがとう！　僕もあなたに会いたいと考えていたところでした。でもなかなかいい口実が見つからなくて……あはは」

大きな声で、赤面するようなことをサラっとまっすぐ言葉にする彼に、チェリンは明るく笑った。そのとき、彼の肩ごしに「ジュ、ジュンホ!?」と、チェリンの知らない女性が彼に声をかけた。とたんに、ジュンホの顔から笑顔が消えた。チェリンはとっさに感じた。

(この人が、ジュンホの遠いまなざしの向こうの人？)

「ヘウン……なぜ君がここに？」

「やっぱりジュンホだったのね……あなたの活躍は知ってたわ。帰国したのも……。あなたを待てなかったわたしを許して……。夫の会社がこの近くなの、ちょっと用事があって来たんだけど……じゃ、ジュンホ！　あなたの幸せ祈ってる」

ヘウンと呼ばれた彼女は、チェリンに軽く会釈をして立ち去った。チェリンは質問攻めにしたい気持ちを押さえて、ジュンホをレストランの中へと導いた。

あれほど会いたかったジュンホとの食事も味がわからないほど、チェリンは沈んでいた。さっきのヘウンという女性のことが、頭から離れずにいた。

そんな様子にジュンホが気づいた。

「先ほどはすみません。思いがけない人に声をかけられたので、驚いてしまって……」

ジュンホの目には、まだ動揺の色が見えた。

「差し支えなかったら話してくれませんか？　彼女とのこと……。無理にとは言いませんが、話していくらかあなたの心が軽くなるなら……」

ジュンホは小さなため息をつき、話し始めた。

「ヘウンとは大学の頃からつきあい始め、結婚も考えていました。彼女もそれを望んでいると思っていたのですが……。僕は照明デザイナーとしての勉強をしたくてアメリカ留学を希望し、彼女も一緒に来てくれるものだと信じていたのです。でも、彼女は一緒には行けないと……。僕の帰りをここで待ってると言って、ついてきてはくれなかったのです。

アメリカで勉強をかさね、仕事の評価も得られ、照明デザイナーとしてマスコミからも注目され始めたとき、ニューヨークでジュンサンと再会したのです。彼は目が不自由になってはいましたが、建築に対しての感性はかえって研ぎすまされ、僕はスゴイと思いましたよ！

渡米して半年くらいは彼女とメールや電話で連絡を取り合っていたのですが、お互い忙しい中で回数が減り、いつからかメールも電話もつながらなくなってしまったのです……。でも、信じてました。ここで僕の帰りを待つと言った彼女を……」

チェリンは、ジュンホの話を黙って聞いていた。すべて吐き出して楽になって欲しかったから……。

ジュンホは一つ一つ思い返すように話した。

その姿は涙をこらえているようにも見えた。

「僕が三年ぶりに帰国したのは昨年の秋で、すぐに彼女を探しました。住んでた家、友人の所などなど……それで知ったのです。僕が渡米した半年後に、彼女は婚約したそうです。僕の知らない男性と……。さっきの話だと、やはり結婚したようです」

（さっきの言葉、〈待てなくて〉ってのは、そういう意味だったのね……）

「僕は彼女を探すのをやめました。……それが、今夜偶然にも会ってしまった。待てなくてごめんと言われても……。一方的に言われても、僕の心は納得できずにいるんです。つきあってた年月は、いったいなんだったのでしょうね。チェリンさん、少し離れただけで壊れるような、もろい絆だったんでしょうかね……」

あのいつも大きな声で明るくしゃべるジュンホとはまるでちがう様子が、チェリンには信じられなかった。見ているだけで自分の心まで締めつけられそうなくらい痛かった。できるなら、そばに行って肩を抱いてあげたかった。でもきっと、彼はそれを望んでいないとチェリンはわかっていた。わたしの慰めの言葉は、今の彼には無意味だと……。

チェリンは心の中で泣いた。ジュンホと一緒に……。

初夏を感じさせる五月のある日、チェリンはジュンサンとユジンの家を訪れた。ハネムーンから帰国したとジンスクから電話をもらったからだ。チェリンは二人の帰国を心待ちにしていた。ジュンホのことがもっと知りたくて……。ジュンホとはあの夜別れてから会ってない。一度電話があっただけだ。楽しいはずの時間を台無しにしてしまって、ゴメン……と。開け放された窓から海風が心地よく吹くリビングで、ユジンとお茶を楽しみながらチェリンは口を開いた。

「ねぇ、ユジンからのハガキに書いてあった〈ジュンホがまだ元気がないから誘ってあげて〉って、アレって、ヘウンさんとの失恋の……」

「あ、聞いたの？　ジュンホから？」

「うん……聞いたというより逢ってしまったのよ、ヘウンって女性に。そのとたん、表情が変わったから、話を聞いてあげたの……」

「そうだったの……わたしが元気がないからって書いたのは二つの意味があったんだけど、一つはたしかにヘウンさんとのこと。それともう一つは……彼ったらチェリンのことばかり聞いてくるんだもん」と、ユジンは笑った。

「ジュンホは、好きだった彼女が別れの言葉も言わずに結婚したことを認めたくないんだと思う。……でもね、このごろは、ヘウンが幸せなら喜んであげなきゃならないのかも、なんて話すくらいになっていたのよ！　そんなときに教会であなたに逢って話をして……〈素敵な人だよね〉って、しつこく言うのよ！　ブーケトスで二人の間に花束が落ちたのは、神様の思し召しだ〜！　なんてね！」

チェリンは顔を赤くした。自分も運命を感じていた瞬間を思い出してしまったのだ。

「ジュンホはいいやつだよ！　チェリン！」

いつの間にか、ジュンサンが部屋の中に入ってきて声をかけた。その仕草は目の見えてるときと変わらぬ滑らかな動きで、チェリンはしばし呆然とした。「見えてるんじゃない？」と尋ねたら、笑いながら「この家の中と会社は、もう歩数がわかってるから大丈夫なんだ」と、昔と変わらない笑顔を見せた。

「ジュンホは照明デザイナーとしても優秀だよ。僕たちが手がけたスキー場のライトアップは彼の仕事さ！　このごろではマスコミでもずいぶん引っ張りだこみたいだよ！　ソウルで話題になってる場所のライトアップには、必ずジュンホの名前が聞かれるくらいだから！」

「そうそう！　新進気鋭の光の魔術師ってね！」

ユジンも付け加えて、ジュンホの仕事ぶりをチェリンに教えた。

(私ったらなにも知らなかった！　このごろは仕事ばかりで、世間のことがうとくなってた証拠だわ)

「チェリン……ジュンホの傷、君なら癒せると僕たちは思っているんだ」

ユジンもうなずいた。

「あのジュンホが、チェリンの話をするときは顔赤くするのよ！　ふふっ」

「やっ、やだ！　二人してわたしをかつごうとしてんじゃない？」

言葉とは裏腹に、チェリンはかわいい笑顔を見せた。

そのとき、玄関からあの大きな声が聞こえてきた。

「お〜い！　お二人さん、おかえり〜！　オレへの土産忘れてないだ……アッ！　チェリンさん！　いらしてたんですか！」

二人は、思いがけない再会に戸惑いながらも、喜びの表情でしばし見つめあった。潮風が胸いっぱいになり、息ができないくらい苦しくなるチェリンだった。

ジュンサンとユジンの提案で浜辺を散歩することになったジュンホとチェリン。

「夕飯まで戻ってきちゃダメよ〜！」

テラスからユジンが手を振りながら叫んでる。隣に寄り添うジュンサンは苦笑している。

「あの二人本当にいい夫婦だよな、お互い運命の人だと信じて、離れても離れても思い合えるってうらやましいよ……」

チェリンはジュンホがなにを思っているのかわかっていた。自分の留学中にほかの男性と結婚した恋人、待つと言って待てなかったヘウンという彼女……。

「ジュンホさん、ヘウンさんはあなたの運命の人じゃなかったんだと思うわ！」

貝殻を拾い上げながらチェリンは言った。

ジュンホは遠い水平線を見つめた。

「わかってます。彼女じゃなかったって、僕の一人よがりだったんだって。ただ、なぜ僕に別れの理由すら告げずに結婚したのか……罵られて喧嘩して別れたのなら、踏ん切りもつくんですがね……」

チェリンは「本当の運命の人はわたしだったりしてね！」とおどけた。

ジュンホの顔を見上げたら、とたんにジュンホは直立不動で叫んだ。

「オ・チェリンさん！　恋人に理由も告げられず忘れられるようなふがいない自分ですが、つきあってくれませんか！」

「えっ！　わたし……で、いいの？」

「あなたがいいんです！」

浜辺の夕焼けが二人を包んだ。まるで二人の時間を止めるように……。


数日後、ジュンサンのもとにチェリンは電話をした。

どうしても、ジュンホとつきあう前にしておかなければならないことがあったのだ。

「もしもしジュンサン？　チェリンよ！　ひとつ教えてほしいことがあって……。ジュンホがつきあっていたヘウンさん、今どこにいるか聞いてない？」

ジュンサンは以前、あまりに憔悴しきってるジュンホを放っておけず、ジュンサンなりにヘウンという彼女を人に頼んで探したことがあった。なぜチェリンがそんなことを知りたがるのかはわからなかったが、多分このあたりだと思うと教えた。


ジュンサンから聞いた住宅街をチェリンはヘウンを探して回った。尋ねて尋ねて、ようやくヘウンの家の前に立ったとき、庭先で花を切るヘウンと目が合った。

チェリンが会釈すると「あら、たしかジュンホと一緒にいらした……」

ヘウンは、なぜチェリンが尋ねてきたのか察したようだった。

リビングに通され、香りのよい紅茶を勧められた。

「もしかしてジュンホを好きなの？」

ヘウンは、率直にチェリンに聞いてきた。

「はい！　おつきあいしようと思っています」

そう……と言ってうつむくヘウンにチェリンは言った。

「今日、私があなたを尋ねて来たのを彼は知りません。どうしても言いたいことがあって……なぜジュンホを待たずにほかの男性と結婚したのですか？　嫌いになったのなら、そう伝えてあげて下さい！　彼、今でも苦しんでいます。なにも言わずに去るのは卑怯です。残された人の気持ち、わかりますか？　前に進めず、後ろにも戻れず、憎むことも愛することもできない……かわいそすぎます……。なにがあったのですか？　なぜ彼を待てなかったのですか？」

「そうね、このままじゃいけないわね……。わたし、ずっとジュンホのことを愛してると思ってた。離れても揺るがない自信があったの。でもね、今の夫に助けられたのよ……。ジュンホが渡米して二ヵ月くらい経ったとき、仕事帰りに突然頭痛とめまいで歩けなくなったの。道にうずくまっていたとき、声をかけてくれて病院まで付き添ってくれたのが彼なの……。心の中でジュンホを呼んでも返事はしてはくれなかった。病院のベッドで病気に負けそうな気持ちになって、心ぼそかった……。そんなわたしのもとへ、彼は毎日お見舞いに来てくれて、励ましてくれたの。わたしが元気を取り戻せたのは、夫のおかげなの。ジュンホはわたしが本当に必要なときそばにいなかったの。赤い糸は、途切れていたのよ……」

チェリンはヘウンの気持ちが理解できた。

自分も、途切れた赤い糸を必死でたぐりよせたことがあったから……。

あの虚しい絶望感、やはりヘウンは、ジュンホの運命の人ではなかったのだ……。

ヘウンを尋ねて彼女と話をしてみてチェリンは心に決めた。

(わたしはジュンホを運命の人と信じて絶対離れない！) と……。

ヘウンは「今は妊娠四ヵ月で幸せだ」と笑った。夫の愛情に包まれて、心が満たされていると……。この穏やかな生活のおかげか、病気もすっかり完治したそうだ。

帰り際、チェリンは一つだけお願いがあると言って頭を下げた。

「ジュンホと会って、ちゃんと別れて欲しいの……。彼に、前に進むきっかけをあげてください。彼、まだあなたのことを忘れられずにいるの」

「……わかったわ。あなたの言うとおりね……。わたし、ジュンホとは時間がたってしまえば自然に忘れられる、お互いに……って思ってた。喧嘩や罵りあいで、二人の思い出を壊したくなかったの……。勝手な思い違いをしていたわ、ごめんなさい……」

チェリンは首を振った。

「私自身、他の女性に心を残している人とはつきあえないから！　よけいなお節介で私こそごめんなさい。会いに来たこと、ジュンホには言わないで」

ヘウンは「わかっている」と深くうなずいた。

「ジュンホと幸せになってね！」

二人は、お互いに幸せになることを約束して別れた。


翌日、ジュンホからブティックに電話があった。

「今日ヘウンから連絡があって、ちゃんと話してきたよ……」

「そう……大丈夫？」

「大丈夫！　幸せそうだったよ……。さあ、これで僕の心の中はチェリンだけだよ！　まずは食事を誘いたいんだけど、今すぐ行ってもいいかな？」

「いいわよ！　あとどれくらいで来れる？」

「五秒！」

「!?」

キョトンとした顔で、チェリンはあたりを見回した。

ショーウインドウの向こうで手を振るジュンホがいた。

待ちきれなくて！　といった表情がまぶしくて、チェリンはうれしくなった。

夏が過ぎ、秋風が吹くころにはチェリンとジュンホは確実に愛を育んでいた。

「ね、チェリン！　来週、済州島まで行かない？　仕事の依頼があって下見に行くんだけど、打ち合わせだけだからそんなにかからないと思うんだ……。どう？　仕事、休めない？」

チェリンはパッと顔を染めた。「休んじゃう！」あまりの即答に二人で笑った。

数日後、チェリンは仕事の用事で出かけた帰り道、以前ヘウンを尋ねた住宅街を抜けた。

（そういえば、ヘウン、赤ちゃん出産したかしら）

考えながら車を走らせていると、公園のベンチに座る妊婦を目にした。

（あら？　ヘウン？）

車を止めて駆け寄ってみた。確かにヘウンだが表情が暗い……。

声をかけられずにいるチェリンに、ヘウンが気づいた。

「チェ、チェリンさん…」

ヘウンの瞳から、大粒の涙がこぼれた。

「夫が……亡くなってしまったの……」

そう言ってヘウンは泣き崩れた。あまりの出来事に、チェリンはかける言葉を失った。ヘウンが落ち着くまで、チェリンはそばで待っていた。

(亡くなったって……いったいなにがあったの⁉)

泣きやまないヘウンに声をかけようとしたとき、ヘウンが話し始めた。

「ごめんなさい、わたし、まだ彼が亡くなったことがどうしても信じられなくて……。突然倒れてそのまま……心臓だって。私、全然彼の病気に気づいてなくて……十日経っても実感なくて、家の中にいると寂しくて……。彼が帰って来そうで、ここでこの子と毎日待ってるの……」と、ヘウンは優しくお腹をなでた。

チェリンは、ありきたりの慰めしか言えないことが悔しかった。

これからどうするのか尋ねたら、またヘウンは泣き崩れた。

どうにか家まで送って別れたが、チェリンは深い迷いの中から答えを出せずにいた。

(ジュンホになんて言おう……、いや、その前に知らせる……？)

悩んでいると電話が鳴った。

「チェリン？　明日の済州島なんだけど十時に迎えに行くよ！」

いつもの大きな声を聞いたとき、チェリンは決めた。

「ジュンホ、わたし……」「なに？　どうした？」

「ヘウンさんのご主人が、亡くなったそうなの……」

「えっ!?　な、なぜ?　なんで……」

ジュンホは、チェリンがなにを言っているのか、すぐには理解できない様子だった。

「心臓だって。突然だったそうよ……」

「嘘だろう!　なんで君がヘウンのご主人のことを知ってるの……?」

「そんなこと、どうでもいいでしょ!　早く行ってあげて!　友達だったら、力になってあげなきゃ……」

「……わかったよ、チェリン。心配だから顔を見てくるよ。でも、明日は行こうな!　迎えに行くよ……」そう言って電話は切れた。ジュンホは、チェリンが明日の済州島行きを楽しみにしていたのを忘れてはいなかった。


チェリンは一睡も出来ず一晩をすごした。明け方、うとうととする中で夢を見た。ジュンホから別れを切り出される、嫌な夢だった。

(チェリン、君は僕がいなくても強く生きていけるだろう。でもヘウンには、もう僕しかいないんだ。子どもの父親として、生きていくことにしたよ……)

ハッ!　と飛び起きて夢だと気づいても、不安な気持ちは拭えなかった。涙で、頬が濡れていた。ジュンホ、早く迎えに来て！　心の中でチェリンは祈っていた……。

しかし、約束の時間になってもジュンホは迎えに来なかった。携帯電話もつながらない。不安な気持ちは増すばかりだった。朝方に見た夢を思い出し、自然に涙が流れた……。なすすべもなく、チェリンは時間が過ぎるのを、ただ待つしかできなかった。

夜になって、電話が鳴った。

「チェリン……ごめんよ、約束守れなくて……ヘウンが出産したよ。少し早かったから小さいけど、元気な男の子だ」

「そう、よかった。ヘウンさんは？」

「うん、赤ちゃんがさ、無くなったご主人にそっくりなんだって……また泣くんだ。泣き疲れて眠って、目覚めるとまた泣くんだ……。チェリン、もう少しヘウンのそばにいてあげたいと思う。ごめん……」

そう告げて電話は切れた。切れた電話の音が、永遠に途切れた赤い糸のように思えてチェリンは動けなかった……。

ジュンホがヘウンのもとに行って二週間が過ぎようとしていた。その間、電話すらないことにチェリンは焦りと後悔にさい悩まされていた。ジュンホの性格からしてみても、弱い人を放っておけないのはよくわかっていた。仕事も手につかないくらい動揺するのは、あの夢のせいに違いなかった。

ヘウンは、夫の死と出産という出来事に対処しきれず精神を病んでいた。生まれた子どもも早産だったので、まだ退院出来ずにいた。付き添うジュンホに、ときに甘え、ときには帰って！　と冷たく言う。

昨日は夫が迎えに来たと言って、抱きついて取り乱した。まさに目の離せない状態が続いていた。ジュンホはそんな弱い、あまりにも弱すぎるヘウンを見捨てることが出来ず、ずっとそばにいて手を握っていた。心でチェリンに詫びながら……。

そんなある日、チェリンはユジンを訪ねた。

光る海を見てたら、それだけで泣けてきた。ジュンホから告白された海……海は変わらないのに、今ジュンホはどこの海をさまよっているのだろう。そう言って泣くチェリンの気持ちをユジンはよくわかっていた。自分たちも暗い海をさまよった過去があったから……、またそれを乗り越えて今があるから……。

「チェリン！　逢えないときこそ、強い気持ちを持たなきゃだめ！　ジュンホは、あなたの運命の人なんでしょう？　離れてても信じなきゃ！」

ユジンの言葉が、チェリンにはとても心強かった。ジュンサンを死んだと思っていた十年間とフランスとアメリカに離れればなれだった三年間という長い時間……それでも運命の人と結ばれたユジンの言葉だから、今のチェリンには一番の励ましとなった。

同じころ、ジュンサンの会社にはジュンホが訪ねて来ていた。ヘウンが錯乱し、眠れないと言って衰弱してゆく様子をドクターが見かねて睡眠薬を処方してくれたので、外出できたんだ、とジュンホは言った。

これからどうするんだ、と聞くジュンサンに、ジュンホは頭を抱えた。

「悩んでいる……。チェリンを愛している、それは揺るぎない事実だけど、ヘウンと子どもをそのままにはしておけない……」

「ジュンホ、君はいったいどうしたいんだ？」

「どうしよう……どうしたらいいと思う？　なぁジュンサン……、ヘウンをこのままにはしておけないよ……。きっとチェリンは強い人だから、僕がいなくても……」

「それは違う！　違うよジュンホ！」ジュンサンがジュンホの言葉を遮った。

「チェリンは確かに気も強いし、自信家でなんでもできる人だけど、女性を強い人と弱い人には分別できないよ。チェリンだって……今ごろ泣いているよ」

ジュンホは泣き崩れた……。


しばらく泣いたあと、ジュンホは決意したのか、涙をふいて立ち上がった。

「ジュンサンありがとう。どうしたらいいのか、決めたよ」

そう言って、ジュンホはフラフラと出て行った。ジュンサンはジュンホの様子が気になってしょうがなかった。そのとき、デスクの電話が鳴った。ユジンからだった。

「あ……ジュンサン？　今チェリンが来てるんだけど、ジュンホと連絡がとれないようなの……なにか知らない？」

ジュンサンは、ユジンにたった今ジュンホと会っていたことを告げた。ユジンからジュンホの様子を聞いたチェリンは、(ジュンホはもう戻ってこない……)と、確信に近いものを感じていた。でも、わたしはあなたを待つわ……だって、運命の人だから……。

ジュンホと会えない日々が続いているうちに冬が来た。チェリンは仕事に打ち込み、かろうじて自分を保っていた。ミニョンを忘れようとしたあのときより、もっとつらい日々だった。かすかな希望は、彼は運命の人だから……離れても、必ずいつか糸は結ばれるから……と信じることだった。

年が明けた二月の末、チェリンの誕生日。ブティックに、突然ジュンホがやって来た。驚きと喜びとが交錯しながらも、思い詰めた様子から（別れ話かも……）とチェリンは思った。でも、努めて明るく振る舞った。

ひさしぶりに会った彼から出た言葉は意外なものだった。

「お願いがあって……ウェディングドレスをつくってほしいんだ」

「え……!?」

チェリンは目の前が真っ暗になった。（ヘウンにプロポーズしたのね）

こぼれそうになる涙をこらえた。

「かしこまりました。サイズを測りたいのですが……アッ！　ご本人さまがいらっしゃれない場合でしたら、スリーサイズを伺えれば……」

「あぁ、ちょっと待って、聞いてみます」

チェリンは、電話するジュンホを見つめた。（やっぱり、ヘウンと……）

そのとき、チェリンの携帯電話が鳴った。

「チェリン！　きみのスリーサイズ教えてくれる？　今デザイナーさんに、君のウェディングドレスを頼みに来たんだけど……」

チェリンの瞳から、大粒の涙があふれた。

もう言葉もでない様子で、ただジュンホを見つめている。

「待たせてゴメン。ヘウンと赤ちゃんのことは、ヘウンの両親にお願いしたよ……。ヘウンもしっかり赤ちゃんを育てていくと言ってた。ヘウンから聞いたよ、君が僕を心配してヘウンのところに行ってくれたこと……。もう大丈夫だ！　心配かけて、本当にごめん。僕たちも幸せになろうな！」

もう涙でジュンホの顔が見えない……。

優しく肩を抱きしめられ、春の訪れを感じたチェリンだった。

第五章　ポラリスのまわりで

どこかの街で、どこかの場所で。
だれかがあなたを想っている。
凍るような冬の夜空で寄り添う
たくさんの星のように。

一夜の愛

「カン・ミヒ様」と書かれた札の席に、彼女はいない。

披露宴が始まってもう三十分。彼女が現れる様子はない。

なぜだ……。

昨日、「赤のドレスを着ていくのよ」と、ちょっとはしゃいでいるようにも見えたことを思い出す。多少の無理をしていなくはないとは思っていた。

ヒョンスとミヒが別れたのはまだ四ヵ月前のこと。

彼の結婚式になど穏やかな気分で出られるわけはないだろう。

しかし、まさか本当に来ないつもりなのか……。

結局、ミヒは現れなかった。

重い足取りで会場の出口に向かうと、そこには新郎新婦が挨拶に立っていた。

外はすっかり日も落ちていた。

「ジヌ、今日は来てくれてどうもありがとう」ヒョンスは、いつにない満面の笑みだった。

「あぁヒョンス、おめでとう」

私もつられるように笑顔になり、ポンと彼の肩を叩いた。

「幸せになれよ」「あぁ、ありがとう」新婦もにっこり笑って会釈した。

彼は気づいているのだろうか、ミヒが欠席したことを……。私はもう一度彼を振り返った。

次々に出てくる人たちへの対応とは言え、ヒョンスの笑顔がうらめしかった。


（ミヒは今ごろ、独りどこかで酔いつぶれているのだろうか……）


私は、ミヒがヒョンスに別れを告げられた日のことを思い出していた。

あれは桜の散るころ……いつもの店で一人酒をあおり荒れ狂っているのを見かねて、店のマスターが電話でこっそり私を呼び出した。それなのに彼女は……。

「なんで来たのよ！　一人にさせてよ！　今はアンタの顔も見たくないのよ！」

「君がつらいのはわかる、けれど、君だっていつかこうなることはわかっていただろう。あいつは……ヒョンスはこんなふうに君をいつか傷つけることになると、僕は忠告したはずだ。

さぁ帰ろう、家まで送るから」

「嫌よ！　触らないで！　アンタなんかなにもわかってないくせに！　私は……それでもヒョンスを愛してるのよ！　そばにいたかったのよ！」

代わりに私がそばにいる、ずっとずっとそばにいる、とは言えなかった。

化粧も服もぐちゃぐちゃにして飲み続けるミヒ。見ていられなかった。

私はその場を去るふりをして、駐車場の車の中で彼女を待った。

閉店の四時すぎになって、眠りこけてしまったミヒを起こさないように連れて帰った。

あどけない面持ちで眠るミヒの口もとは、なぜか、私の口づけなど寄せつけないように思われた。


私は今まで、ついぞ自分の思いをミヒに伝えられずにきた。

しかしおそらく彼女は気づいている。気づいていて、それでもヒョンスを忘れられずに、私には知らぬ顔をしているのだろう。

けれど彼女にとって私は必要な存在だと、私にはわかっていた。彼女の気持ちに応えることのなかったヒョンスをミヒが愛し続けられたのは、私が彼女のわがままを聞き続けたから、そうやって支えてきたからだと、私は自負している。

私はそれで満足だった。
少なくとも、今日の一夜を除いては……。
結婚式の会場から、私はミヒの家に向かった。外は小雨が降り出していた。

ピンポン……。
ミヒの部屋の呼び鈴を鳴らす。返事はない。もう一度鳴らすが、やはり返事はない。
ノブに手を掛けると……ドアが開いた。嫌な予感がした。
「ミヒ、いるのか？」
暗い部屋に気配はなく、酒の匂いが充満している。
ライトをつけるとテーブルに床にワイン、ブランデーの類が転がっていた。
（……？）
テーブルに転がる瓶の間に、薄汚れた紙切れを見つけた。
〈ヒョンスへ　幸せに……〉
（まさか……！）
私は反射的に風呂場に駆け込んだ。いない。
ベランダか？　台所か？　いない……。

ふと玄関先を見渡すと、鍵掛けに車の鍵がない。私はあわてて駐車場に飛び出した。

ミヒの車はない。私は再び車に乗り込んだ。

幸い、ミヒの車があっただろう場所はまだ雨に濡れきってはいなかった。

まだ間に合う！　しかしどこへ？　どこへ行ったんだ、ミヒ……！


（……海!!）

ミヒが以前、ヒョンスと喧嘩をした日に、私に海に連れていくよう言ったことがあった。


二人で海を眺めていると、彼女は、ときどき海に身を沈めたい衝動に駆られることがあるとつぶやいた。

私は私が連れていった海岸へ、アクセルを踏み込んだ。過去を思い出す余裕はなかった。

ただ、ミヒがまだ無事であることだけを祈り続けた。

二十分もたたぬうちに海岸が見えてきた。月がない分、海岸は暗い。

「ミヒ！　どこだ！」

私は運転しながら窓を開け、何度も叫んだ。聞こえるはずなどないことはわかっていたが、呼ばずにおれなかった。

と、少し先の浜辺にぼんやりとした一点の明かりがつくのが見えた。ミヒに違いない！　私は明かりに向かってさらにアクセルを踏んだ。


「ミヒ！　ミヒ！」

明かりのともった車はもぬけのカラだった。

波は比較的穏やかなようだが、暗くて人影が見えない。

すると、雲の隙間からかすかに月がのぞき、海に照らされた。そこに腰から上の人の影が見えたのを、私は見逃さなかった。

「ミヒ!!　ミヒ!!」

私は何度も叫びながら海に飛び込んだ。

「ミヒ、やめるんだ！　ミヒ！」

胸あたりまで浸かろうかというとき、ゆっくりとミヒが振り返った。

「来ないで……！」

私はミヒの腕をつかんだ。彼女は抵抗しようとするが、水の中であることと脱力感とでほとんど身動きしなかった。それでも彼女はさらに沖へと体を向けた。

「ミヒ、やめるんだ！　さぁ帰ろう！　帰ってよく休んで、そうすればまた生きていけると思えるようになる！　僕がそばにいるから！」

しばらく揉み合っているうちに、彼女はついに声を上げて泣き始めた。

「どうして助けるのよ、どうして……！」

彼女は抵抗しなくなった。

「だってもうヒョンスは私のところに戻ってこないのよ……！　私なんか、私なんか……！」

私はミヒを抱きかかえる腕にぎゅっと力を込めた。ミヒもそれに応えるかのように私の胸に顔をうずめた。

浜辺にたどり着いてミヒを立たせてやった後、私は再び彼女を胸に抱いた。

「本当に、ずっとそばにいてくれるの……？」

かすかな声で、ミヒが言った。

「ずっとそばにいるよ……」彼女はまた、私の胸で静かに泣いた。

その晩、彼女は私の部屋で一夜を明かした。その一夜は、私が彼女を抱いた最初の夜だった。

彼女が私を強く求めるのに合わせて、私も強く彼女を愛した。まるで永遠に深い海の底に落ちていくかのように、私たちは深く愛し合った。二人の愛は永遠に続くと、私は信じて疑わなかった。

翌朝、彼女は私の前から姿を消した。その夜を最後に、彼女は韓国をあとにしていた。私の体にたった一度、彼女の痕跡を残して。

しかし、彼女の体にも私の痕跡が残っていたと知るのは、それから約三十年後のことだった。

一枚の写真

ミヒは病院というものを心底から嫌っていた。

消毒のにおいをはじめ、医療スタッフたちの制服の洗濯したばかり糊のにおい、そして見るからに恐ろしげな機械や器具。普段なら、ミヒには我慢のならないものばかりだった。大好きなミソンおば様が入院していなければ、この病院を再び訪れるつもりはなかったのに……。

ミヒがジュンサンを身籠ったとき、父親の姉であるミソンだけがミヒの味方となり、父親を説得してくれたのだ。妊娠する前にも、自殺未遂騒ぎまで起こしていたミヒは、そのときはとても感情の起伏が激しく、両親と落ち着いて対話のできる状態ではなかった。ミヒの母は、決して夫に表だって逆らわない穏やかで家庭的な女性であり、娘を心から愛していたにもかかわらず、ミヒの心を理解することができなかった。

一方、子宝に恵まれなかったミソンたち夫妻は、この激しい気性の姪に愛情をそそぎ、親子以上の絆を互いに感じていた。

ミヒもまた、母親を自分に生命を与えてくれた人間として敬っていたが、自分が生きる意味を教えてくれたミソンを母親よりも愛していた。

自分自身もバイオリニストであったミソンは、ミヒの音楽の才能を慈しみ、ミヒの演奏家としての将来が閉ざされることのないようにと、友人が理事長をする病院にミヒを秘密に入院させたのだ。

一般病室から離れた特別室は、ミヒのために防音のピアノ室さえ完備していた。ミヒが本当に必要なものを、ミソンはいつでも与えてくれた。二人の絆は実の母娘より強く、お互いが自分自身のために相手を必要としていた。


そのミソンが病床で死を迎えようとしていた。

ミヒが命をとりとめ、そしてジュンサンが産まれたこの病院で……。

ミヒの内心の動揺を息子のジュンサンは敏感に察しているのだろうか。まだ小学生にすらなっていないのに……いつもより少し声が高く早口でしゃべっているようだ。

「ママ、お花を買いましょう。ミソンおばちゃまはお花が大好きでしょう？」

ジュンサンが、ミヒに尋ねた。

病院についてすぐ、ジュンサンはめざとく花屋を見つけて、ミソンに花束を持っていこうとミヒにねだった。

「ジュンサンからのお見舞いとしてなら、買ってあげるわ。さあ、一人でお花を選んできなさい。お店の人に、お見舞い用ですって、ちゃんとお願いするのよ」

ミヒは、ジュンサンに一人で花を買いに行かせた。

同い年のほかの子どもと比べて、ジュンサンが利発であることが、ミヒにとってはいつも誇らしかった。

ジュンサンの知能テストの結果も、ミヒを満足させる以上に高得点であり、息子の優秀さが親のひいき目ではなかったことが証明されていた。

しかし、最近のジュンサンは「なぜ?」や「どうして?」と山のように質問をするようになっていた。

幼いなりに自分の納得がいく答えを得ようとして、ジュンサンは根気よく(そしてときどきミヒをうんざりとさせるくらい)質問してきた。

こんな調子で、父親について尋ねられたら、どうしよう……。

「ママ、どうしてそんなに、恐ーい顔してらっしゃるの?」

花束を抱えたジュンサンが、ミヒの目の前に現れた。

「そんなに恐い顔していたかしら？」

「とっても、とっても、こーんなに」ジュンサンが小さい腕を一杯に広げてみせた。

「まあ、お花を振り回してはダメよ」

ジュンサンのおどけた仕草に、ミヒはほほえまずにはいられなかった。

「さあ、ミソンおば様のところへ行きますよ」


ミソンの病室は、ミヒが以前に使っていた、あの部屋だった。

部屋には、バイオリンを演奏するミソンの写真が額に入れられて数枚飾られていた。

その中の一枚は、ピアノを弾く少女のミヒと一緒に写っていた。

「ミヒ、よく来てくれたね。おや、ジュンサンも一緒だね」

ミソンは、付き添い婦の手を借りてベッドから起き上がり、以前と変わらない張りのある声でミヒ親子を迎えた。

「こんにちは、ミソンおばちゃま」

行儀よくジュンサンが挨拶をした。

「こんにちは、ジュンサン。ちゃんと挨拶もできるようになったのね。本当におりこうさんね。あら、手にしている花束は、私にプレゼントしてくれるのかしら？」

「はい、僕からのお見舞いです」

「ジュンサン、ありがとう」

「ミソンおば様……」

病気でやつれたミソンの姿に、ミヒはあふれる涙を抑えることができず、じっと立ちつくしていた。

「ジュンサン、お花を花瓶に入れてきておくれ。このお姉さんと一緒に、あちらの部屋に行きなさい」

ミソンは、ミヒと二人きりにして欲しいと、付き添い婦に目で合図した。

ジュンサンたちが部屋を出て、ミヒだけが病室に残った。ミソンは、ミヒをただ見つめていた。

沈黙の後、ようやくミソンは口を開いた。

「ここに来るのはつらかっただろう？　来てくれないかもしれないと心配だったわ。……ミヒ、私のわがままをきいてくれてありがとう」

ミヒは長い間会わずにいたことを謝罪したかったが、涙で声が出なかった。

「ミヒ、私があの人のところへ行ってしまう前に、ひと目だけでいいから、お前に会いたかった……」

ミソンは、サイドテーブルの上にある夫の写真を手に取って言った。

数年前の航空機事故で、彼女の夫はすでにこの世の人ではなかった。

「おば様、どうぞお受け取りください」

ミヒはハンドバッグの中から、一枚の写真を出した。

ミヒとジュンサンが写っている写真だった。

この写真はミソンに渡すために、数日前に写真館で撮影したばかりのものだった。

ジュンサンはカメラのほうを見ずに、母親にほほえんでいるが、ミヒは少し固い表情をして正面を向いていた。

「もう少し、笑顔で写った写真はなかったの？」

「でも、笑顔よりこのほうが私らしいでしょう」

「そうね、お前らしいかしらね……。昔、あの人が私たちの写真を撮ったときも、お前はいつもこんな表情だったわね」

「あのころは笑うと、とても目が細く写るから笑顔は苦手でしたわ」

「まあいいでしょう。……これで、あなたとジュンサンが元気にしているって、あの人に伝えることができるわね」

この世に別れを告げる日が迫っていることを、ミソンは弱っていく体から悟っていた。体中ががんに侵されていたが、鎮痛剤以上の治療をミソンは受けていなかった。夫に急に先立たれ、悲しみにくれていたときに、ミソンの体に乳がんが見つかった。しかし、天国で夫と再会したときに、手術で切除された乳房を見せられないからね、とミソンは医者や友達の懇願にも耳を貸さず、治療を拒み続けたのだった。

ミソンのそんな態度を、緩慢な自殺と見なして批判的だった人々でさえも、ミソンの夫への愛情の深さを疑うことはなかった。

ミヒは、夫妻の愛情の深さを羨望せずにいられなかった。

「ジュンサンは、私の業を背負って生まれてきたのかもしれないと、このごろよく考えます」

懺悔するかのように、ミヒはミソンに自分の内心を打ち明けた。

「今でも、私が中絶に反対したことを恨んでいるのかい？」

「いいえ、そうではなくて。ただ、私があの人のことを今でも忘れられないのに、ジュンサンサンには、父親のことをなに一つ話すことが出来ない……」

「もし、お前の業をジュンサンが背負っているなら、それに負けない強い子に育てることが母親の役目でしょう……。あの子の父親は、産まれる前に死んだことになっているのだから……。なにを聞かれても、死んだと答えておくんだよ。私があの世に行ったら、お前のほかにはジュンサンの父親のことを知る人間はいなくなるんだから」

「ママ！　ママ！」ジュンサンの声が廊下から聞こえてきた。

「こっちにピアノがあるよ、ママ！　ピアノを弾いて！」

付き添い婦が花を入れた花瓶を持って病室に入ってきた。

ジュンサンはミヒの手を取って、ピアノのある部屋に連れていこうとした。

「ジュンサン、私たちはおば様のお見舞いに来たのよ」

「ミヒ、私もお前のピアノをぜひ聴きたいわ」

ミソンの鶴の一声で、その日のお見舞いは、ピアノ演奏会のようになった。

ミヒはミソンのリクエスト曲を弾いた。

看護婦が面会時間の終わりを告げ、ミヒとジュンサンは病院をあとにした。

ミヒたちがミソンを見たのは、それが最後になった。
彼らがお見舞いにいった二日後の朝、眠るように安らかにミソンは息を引き取った。
その手に、ミヒ親子の写真を持ちながら……。

私の愛する息子へ

ジュンサン、あなたは今、青春の真っただ中よね。うらやましいわ。若さって、素晴らしいと思う。母さんも、あなたたちを見てると昔を思い出すわ。

「え～!?　母さんみたいにあとを振り返らない人が昔を思い出すなんて意外だな！」

「失礼ね！　母さん、これでも昔はマドンナだったのよ。男子生徒のあこがれだったんですからね」

そう、私は、すべてに秀でていたわ。音楽の才能も美しさも。だれにも負けなかったわ。才色兼備とは、私のためにあると思ってたくらいですもの。

でも、私に関心を示さない男子生徒がいたわ。ヒョンス、彼一人だけね。

「私のピアノをどう思います？」

「え～、ごめんなさい。ぼく、才能なくてよくわからないや」

これが、彼と交わした最初の言葉だった。彼の物静かな大人っぽいしぐさと、少年のようなまなざしと、かざらない心に私はひかれていったわ。彼も私を愛してくれたわ。幸せだった。ヒョンス以外は何も見えなかった。この愛は永遠に続くと信じて疑わなかった。

運命って、皮肉なものよね。別れは突然にやってきたわ。ヒョンスは私を捨てて、ほかの女性を選んでしまった。ただ、穏やかなだけな女性を……。私は、ヒョンスの心変わりが許せず、激しく問い詰めたわ。

「ミヒ！　君は激しすぎる。君には、ピアノがあるだろう。しかし、彼女には、ぼくしかいないんだ。彼女は、ぼくがいないと生きていけない。君は強い人だ。ぼくがいなくても生きていけるだろう。ぼくのことは……忘れてくれ」

彼の言葉に私は傷つき、絶望のどん底に落ちていった。


ヒョンスの結婚式当日。私は、結婚式場の周りを夢遊病者のようにさまよい、川に身を投げたのよ。私以外の人がヒョンスと腕を組んで歩くなんて、見たくもなかった。私以外の人をヒョンスが抱きしめるなんて、許せなかった。それなのに、ジヌが私を助けたのよ。

「なぜ、死なせてくれなかったのよ。なぜ、助けたりするのよ！」

私は、泣きながら彼に言ったわ。ジヌは、やさしくなぐさめてくれた。私は、ぬくもりが恋しくて、ジヌと一夜をともにしたわ。ひょっとしたら、ジヌを愛せるかも……と思って。


でも、ダメだったのよ！

ジヌと一夜をともにした私は、イヤというほど、ヒョンスを愛してることを思い知らされたわ。

私は、ジヌが目を覚まさないうちに、ジヌの前から姿を消したのよ。

しばらくたってから、私は体の変調に気がついたわ。

一夜のあやまちでジヌの子どもを身ごもるなんて！　なんという皮肉！　運命をうらんだわ。でも、（そうだわ！　この子は、神様が私にヒョンスの子供として、育てるようにと、私に言っているのだ）と、そう思うことにしたのよ。マリア様もキリストを神から授かったように、私もこの子を神様から授かった子として育てようと……。

ジュンサン！　あなたは、私を許してくれないでしょうね。

でも、あなたをヒョンスの子どもと思うことで、私は今まで、生きてこられたの！

これだけは信じて！

あなたがだれの子どもであろうと、あなたは、愛しい愛しいわが子なのよ。

あなたを愛しているわ、ジュンサン！

私の愛する息子よ！

理事とユジンさんのこと

私はね、わかってましたよ、最初っからね。

だって、理事、変わっていきましたからね、ユジンさんに出会って。

それまで、理事は快活で屈託がなくて、なにごとにも自信があふれていたんですが、ユジンさんに会うたびに、深い目をして、なにかを考えるようになったんです。私は、内心やばいなと思いましたよ。だってそうでしょう？　理事には、チェリンさんがいるし、ユジンさんには婚約者がいる。いくら理事でも自由に出来ないことだってありますよ。

まあ、でも私は理事のこと応援していますから、なるべく相談には乗るようにしてました。

それに、ここだけの話、私もどっちかというとユジンさんのほうが、理事にはお似合いのような気がしてたのでね。

理事の気持ちが本物になったのは、ユジンさんが理事の身代わりになってけがをしたころのような気がするな。チェリンさんに対する態度が急に変わりましたからね。もともとチェリンさんに対しては、こう言っちゃなんですが、執着のようなものは感じられませんでしたよ。

よくわかるなって？　そりゃあ、私と理事とは長年のつきあいですからね。

理事がユジンさんにのめり込むようになって、ユジンさんも理事のこと憎からず思うようになったことは、私としてはうれしいかぎりでしたが、まさか理事がユジンさんの初恋の人にそっくりだったなんて知りませんでしたから、びっくりしました。複雑な関係なんだなあと、理事のことが気の毒でね。もっと普通の出会いをさせてあげたかったね。

このごろ、業者の間でも評判なんですよ、理事が前より相手の立場に立って考えてくれるようになったって。情け容赦なかったですからね。今までは。やっぱり本当の恋をすると、人間は優しくなれるんですかね。私もがんばらないとね。

なにはともあれ、私はこれからも理事の応援団として、できるだけやっていくつもりです。

キム次長の不器用なプロポーズ

そして二人は、飾り気のない事務所にいました。

「いやいや、いや、まいりましたねー。こんなに、人々が次々に幸福になっていくなんて、ドラマの中だけですよー」とキム次長は言った。

「ジュンサンとユジンもめでたく結婚できて、ジンスクとヨングクにもかわいい子どもがいるし、サンヒョクやチェリンも、それなりにいい恋人がいるんでしょうねー」

キム次長はジョンアさんを横目で見ながらつぶやいた。

ジョンアさんは「それで、なにをおっしゃりたいの？　キム次長」と言い、腕組みをしてにらみつけた。

キム次長は「いや～ここにいる、もうゆっくり出来ないお年ごろの女性にも幸せがこないものだろうか……と思いましてね」

「それで？」

「やっぱり、ばあやになったとき、そばにじいやもいないと寂しいでしょ！　ですからね、私がそのじいやになってみようかと思っているんですよー」

照れくさいのか、一度咳ばらいをして背を向けたジョンアさんは、

「私は、ばあやになる前に素敵な恋人が欲しいわ、素敵な恋人がね！」と言い返しました。二人は冷めた事務所の中で険悪なムードのまま、そしてイスに座ったまま、動こうとしませんでした……。

そう、本当は心を素直に表現出来ないキム次長と、もう一歩押しが足りなくて（プロポーズの言葉さえも満足に言えないのかしら……）と待っているジョンアさんがいたのです。

とにかくキム次長は心の中で四苦八苦していました。

そして（今日こそ、今このときに……）と思った瞬間、キム次長は自然に体が動いて立ち上がりました。ジョンアさんの座っている場所に一歩一歩近づき、その左手をつかむと薬指に指輪を差し入れる……。

「一体、何のまねです？」

ジョアンさんがキム次長の顔を見ると、キム次長は真顔で「僕はプロポーズの言葉も満足に言えない男です」と言った。「しかし、誰よりもあなたを心から想う気持ちは負けてはいません」と……。

そして恥ずかしさのあまり赤面して、思わずこの部屋を出ていってしまったのです。

ジョンアさんは呆然として、自分の左手に入っている指輪を眺めながら「本当に不器用な人ね！」とつぶやきました。

「……仕方ない。案外純情でいい人かも……もうこのへんで決めておきましょうか……」

そしてジョンアさんは、このドア一枚向こうにいるキム次長に、「不器用なプロポーズ」の返事をするために立ち上がったのでした。

その顔はすでに、笑顔でいっぱいになっていました。

ジンスクの恋

白いベールがゆっくりと上がる。

うつむくあごにそっと手が添えられ、上へ向けられる。

ジンスクが顔を上げると、そこには見慣れた笑顔。

まさかこんな日が来るとは、あのころ、夢にも思っていなかった……。


「結婚したいなぁ。だけど相手がいなくちゃね」

「ヨングクがいるじゃない」

「冗談やめてよ」

ユジンがフランス行きを決めたあの日、二人でふざけてこんな会話したっけ。


だけどユジン。

翌朝、ひとりで旅立つことを心配してると言ったら、あんたはこう言ったよね。

「私はもう大丈夫。ジンスク。今度はあんたが自分の道を見つける番だよ」って。

私、そのときはなんのことだかわかんなかった。ただ、ユジンのことが心配で。

みんなのことを心配して、ときにはみんなとケンカもして生きていくんだと思ってた。だからユジン。あんたがいなくなって、自分の道がなんなのか、しばらく悩んだよ。

でも、そんなときに、ふっと気がついたんだよね。いつでもそばにあいつがいたことを。サンヒョクが体壊したときも、チェリンが酔いつぶれてたときも、ジュンサンとケンカしたときも。ごく普通のことのように思ってたけど、私には一番必要なことだったんだってわかったんだ。あいつが隣にいることが。

長い間気づかなくてごめんね、って言うと「あたりまえのこと言うなよ」って、ちょっと照れながらあいつは言ってた。いつまでも友達感覚が抜けないけれど、これでいいんだよね。これからもきっとこんな感じだろうね。

ユジン、私の道を気づかせくれてありがとう。今日の日を迎えられて感謝してます。ありがとう。

誓いの口づけを交わすジンスクとヨングク。

フランスから到着したばかりのユジンは、その様子を静かに見守るのだった。

ヨングクの日々

「ねぇねぇヨングク……〈あなた〉って呼んでいい？」ジンスクがおどけてみせた。

「はぁ!?　お前なに言ってるんだよ！　そんなのだめだ！　いいか？〈あなた〉ってことは、他人を意味するんだぞ？　わかるか？」

ヨングクが真面目な顔をしてふざけた。

「もぉ～！　いいじゃな～い。結婚したら言ってみたかったのに……」

ヨングクとジンスクが結婚式を挙げて一週間がたった。身内と友人だけの、小さな結婚式だった。

「ねぇヨングク？　なんだか私たちだけ幸せで……みんなに悪いわ。ユジンだってジュンサンに会いたいだろうし……つらいわよね……」

「なに、じゃあ離婚でもするか？」

「ちょっとぉ！　冗談でもそんなこと言わないでよね！　もう！　もうっ！」

ジンスクがヨングクをバシバシ叩いた。

「いてっ！　いてて……嘘だよ！　俺が言いたいのはだなぁ、幸せを見つけるのは自分自身ってことだ。二人とも二度も同じ人を愛したんだ。これから、いつかきっと会えるさ」

「そうよね……そうだよね」

「なんか、俺たち、いっつも人の心配してないか？」

「それがヨングクのいいところだもの」

「……お前もな」

ヨングクが恥ずかしそうに言った。

これからも、ヨングクとジンスクの幸せで心配性な日々は続く……。

愛の応援団～じいやとばぁやの結婚行進曲～

いつものバーで、いつものようにキム次長とポラリスのジョンアさんが次々と焼酎の瓶を空にしていた。

「ねぇジョンアさん！　ユジンさんはいつ留学から戻るんですか？」

「たぶん今度の春には帰国しますよ。そのつもりでポラリスは新しいプロジェクトの立ち上げを先のばしにしてるんですから！　フランス帰りの勉強の成果を存分に発揮させてあげるのが私の役目ですからね！」

そう言ってジョンアさんは一呼吸おいた。

「理事はまだアメリカですか？　失明したこと知ってるの、次長と私だけなんですよね？」

キム次長は深くうなずいた。

「失明のことはかたく口止めされてるんで。ジョンアさん、僕はね、理事とユジンさんがいつか結ばれることを今でも強く願っているんです。このままではかわいそすぎます」

「あら、私だって同じ思いですよ！　次長！」

二人はお酒を飲みながらため息をついた。

「んっ？　今、ユジンさんの帰国は春って言いましたよね。お～っとひらめきましたよ！　ジョンアさん！　四月に東京で建築学会があるんですよ！　理事に出席を交渉してるところなんです！　目は見えませんが、彼の建築家魂はまだまだすたれてませんよ！　心眼とでも言うべきかな。それにニューヨークのマルシアンのスタッフが実によく心得てて！　理事が心で感じたイメージを頭で図面にしてスタッフに伝え、製図スタッフが的確に理事のイメージどおりのものを書き上げる。わがマルシアンは……」

「はいはい！　わがマルシアンは未来を切り開く夢の建築集団でしょ！　耳にタコですよ！　それで学会がどうしたんです!?」

「いやいや！　大切なのは学会じゃなくて、東京の学会に理事を呼び出して、閉会後に完成したあの海辺の家！〈不可能な家〉！　あれを案内するからと行って連れてくる！　そこで帰国したユジンさんと再会させる……どうです！　いいアイデアだと思いませんか？」

「次長！　イイじゃないですか！　その作戦に私も乗りますよ！」

不可能だと言われた家は、今年の秋に完成していた。ソウル・マルシアンの実益分からジュンサンの理事としての報酬が、ここの建築費としてあてられていた。完成まで二年半を要したが、見事に不可能を可能にしていた。ユジンがつくった模型をジュンサンが図面に書き、マルシアンのスタッフの力で建てられた素敵な家は、まだ見ぬ主を待っていた。

「ただ出会わせるだけじゃね……あっ！　あの〈不可能な家〉の写真を建築雑誌に取り上げてもらったら……」

「なるほど！　あの家の写真見たら、絶対ユジンさんは気になるはず！」

「そう！　そこで偶然の再会！」

二人は顔を見合わせて笑顔になった。

「先日もプレゼントを置きに行って来たとこなんですよ！　パズル！　ドイツの古城なんですが、う～ん、なんて言ったかな、あのお城……？」

「自分で選んだプレゼントなんでしょう？　それで忘れてるって……あ～やだやだ！　年ですね、次長！」

「どうしてジョンアさんは、いつも私にそう憎まれ口ばかり言うのか……。う～ん、その一、僕をからかうのがおもしろい。その二、僕のことが嫌い。その三、好きだ。さぁ、どれです？」と言ってジョンアを見たら、静かな寝息をたてていた。（また今日も言いたいことが言えなかった……）と、キム次長は肩を落として一人グラスを傾けた。

いつものバーで、今夜もあの二人がなにやら密談している。

「それじゃ、二日後にユジンさん帰国するんですね？」

うなずくジョンアを見ながら、キム次長は笑顔になった。

「計画どおりですよ！　私は明日東京で理事と合流して学会に参加します！　五日後には戻りますから！　もちろん理事と一緒にね！」

「で、私はこの雑誌をユジンに驚いたように見せて、場所を探すフリをして……」

「ま～、あとはあの二人、出会ってくれればなんとかなるでしょう！」

二人は成功を祈って乾杯しながら三年前を思い出し、懐かしい気持ちでホロ酔い気分だった。

「あのころ、私たちもよく喧嘩しましたっけね、次長……」

「ははは！　今でもじゃないですか！　ジョンアさんは三年前からず～っと変わりませんよね！」

「それって進歩がないってことですか？　次長こそ変わらないじゃないですか！」

またまた喧嘩になりそうな雰囲気だ。

「ええ、変わりませんよ！（そっぽを向いて小声で）だれかさんを好きな気持ちもね」

しばしの沈黙のあとでジョンアがぽつりと言った。

「……三番目ですよ、私」

キョトンとする次長。

「前に三択で聞いてきたでしょう？　おもしろい、嫌い、好き、のどれだって……」

「え～!?　だってあのとき、ジョンアさん寝てたんじゃ……」

「照れくさかったんですよ。この年になるとダメですね、素直になれなくて……」

やっと、じいやとばあやにも遅い春が来そうな気配がしていた。

次長は一つの提案をした。「あの二人がめでたくゴールインしたら、僕たちもお互い本当にじいやとばあやになれるよう努力しませんか……」。

ジョンアは、初めて素直にうなずいた。


その後、じいやとばあやの計画はみごとに成功し、海辺のあの家で二人は再会を果たした。あとで聞いたら、今度はユジンがジュンサンにプロポーズしたとのことだった。めぐりあうべき人とやっと心の家にたどりついたのだった。じいやとばあやの計画ということは二人とも気づいていない、はずだ。

ほどなくして、ジュンサンとユジンは結婚式を挙げた。ユジンの胸にはポラリスのネックレスが輝いていた。

ジュンサンからの二度目のプレゼントだった。

多くの仲間たちと家族が二人を祝福した。ジュンサンの母、カン・ミヒだけは海外公演で出席はできなかったが、二人の結婚を今では心から祝福しているそうだ。


帰り道、キム次長はジョンアに言った。

「約束ですよ！　ジョンアさん……理事とユジンさんの幸せな結婚式を見届けたのですから、これからは私たちもあの二人のようにお互いポラリスになりましょう！　迷っても、時間がかかっても、障害があっても喧嘩しても、二人で年を重ねていきましょう！」

ジョンアは頬を染めてうなずくも、ついいつもの悪い癖が出た。

「私は迷うなんて優柔不断なことはないですよ！　迷うのは次長のほうじゃないんですか？　若くて綺麗な女性を見ると目で追うくせに……あ〜やだやだ！」

と言ってしまってハッと我にかえると、キム次長があきれた顔でため息をついた。

まだまだこの二人のゴールインは遠いようだが、これが二人の、二人だけの愛の形なのかもしれない。

第六章　運命の糸

抱きしめた君のぬくもり、君の香り、僕の手が覚えている。
君のそばにいられるのなら、君がそばにいてくれるのなら、
もうなにもいらない、僕はそう思っていた。

運命の糸

いくら冬が終わったとはいえ、日が落ちると少し肌寒くなる。

ユジンとジュンサンは、この〈不可能な家〉で偶然出会ったことに、あらためて自分たちの絆の強さを感じていた。

「寒くなってきたね。中に入ろう」

ジュンサンが、以前と同じ優しい声で言った。

テラスのテーブルに置いたコーヒーは、すっかり冷たくなっていた。

壁をつたって歩くジュンサンを見て、ユジンはまた涙があふれてしまった。

(私のせいで……)

「おなか減ったろ？　なにかあったかいものでも食べようよ」

そういってジュンサンは、この家を管理してくれているパクさんに電話をした。

「それにしても不思議だね。僕は忘れものをとりに帰ってきた。君は偶然雑誌で見つけたこの家に今日やってきた。二人の運命の糸は、すごく強いんだ。そう思わない？」

「ええ、そうね……」

ユジンは、思わず声が震えるのをどうしようもなかった。

「ユジン、また泣いてるの？」

ジュンサンは、心配そうな顔をした。

「ごめんなさい。この三年間、泣かずに頑張ってきたから、涙がたくさんたまっちゃったのかもしれない」

ユジンの言葉に、ジュンサンは思わずユジンを探り、力強く抱きしめたのだった。


「失礼いたします。お急ぎと思いましたので、こんなものしかご用意できませんでしたが」

パクさんはテーブルの上に次々と料理を並べながら言った。

「美味しそうなにおいですね。ユジン、さっそくいただこうよ」

ジュンサンの料理には食べやすいように、ちゃんとあらかじめナイフが入れられていた。

「ジュンサン、ここには何度か来たことがあるの？」

「ああ。三度目だよ。どうして？」

「ううん、なんとなく。慣れてるように感じたから」

そう言ってから、ユジンは自分がこの国を離れていた間のことを考えた。

「それではごゆっくり。なにかございましたら、いつでもご連絡ください」

そう言ってパクさんは部屋から出ていった。

「ねえ、ジュンサン、私の話を聞いてくれる?」

「もちろん。なんでも聞かせてよ」

「あのね、三年前、私ほんとは、あなたの所へ行きたかった。でも私があなたのそばに行くと、またよくないことが起こるような気がして怖かった。それに私、もっと強くなりたいと思ったの。あなたやママ、友達からずっと遠くに離れて自分を追いつめてみたかった。だって、みんなを傷つけてばかりで、私、ほんとに弱い人間だったもの。一人でつらかったけれど、きっとあなたもがんばってるって思って、そう信じて耐えたの。そうしたら、いつのころからか、あなたの声を感じるようになったの。ユジン、がんばってる? 僕もがんばっているから、君もしっかりするんだ、って。私たちの心はちゃんと結ばれているんだって思えてうれしかった。長かったけれど、ちゃんと建築士の資格も取れたし。ねえ、ジュンサン、私たち、もう離れなくていいでしょう? ずっと一緒にいられるわよね」

ユジンのその言葉に、ジュンサンの顔が一瞬曇ったのを、ユジンは見逃さなかった。

せっかくの料理だったが、ユジンはほとんど手がつけられなかった。

「どうしたの? あんまり食べてないだろう?」

ジュンサンの耳は、ユジンのすべての音を聞き取っているかのようだった。

「ごめんなさい。胸がいっぱいで……」

「そうか。じゃあフルーツでも持ってきてもらおう。君はお酒が飲めないからね」

ジュンサンはパクさんに電話をかけた。そして、窓際のソファにユジンを誘った。

パクさんが来るまで、ジュンサンは、一言もしゃべらなかった。ユジンは不安だった。


「今度は僕の話を聞いてくれる?」

パクさんが行ってしまってから、ときどきワインで唇を湿らせながらジュンサンはしゃべり始めた。

「僕の三年間のことはあんまり君に聞かせたくないけど、ちょっとだけ話す。まず最初の二年はほとんど治療に専念した。君との思い出を失わないように、細心の注意を払った。光を失うくらいなんでもなかった。命が助かって、僕たちの思い出が残ったんだ。それで充分だった。光のない生活に慣れるのに半年以上かかったけれど、このごろやっと普通に暮らせるようになったんだ。後は仕事をどうするかだった。まず設計図が読めないから、立体模型をつくってもらって頭の中で解体して自分でもう一度設計しなおす。その繰り返しでなんとか自分の頭の中に家が建つ。まわりのみんなに迷惑ばかりかけてるよ。この家も、スタッフに苦労ばかりかけながらやっと建ったんだ。でも、建築の仕事だけはあきらめたくないんだ。

ユジン、君、さっき一緒にいられないかと言ったね。僕も本当はそうしたい。でも、まだだめなんだ。僕は君を幸せにしたい。君を守ってあげたい。だけど、今の僕ではだめだ。君は、僕がこうなったのは自分のせいだと思っているだろう。僕にはわかる。僕は君にそんなふうに思われるのが一番つらい。それを否定するだけのことができないことが、またつらいんだ。だから、ユジン、もう少し待ってくれないか。きっと自信を取り戻して、君の所へ戻って来るから」

ジュンサンは、ユジンの手を握りしめた。

「な～んだ、そうだったの。私、てっきり好きな女の人でもできたのかと思っちゃった。だって、すごく困った顔してたから……」

ユジンはわざと、明るくしゃべった。

「わかったわ。今まで待ったんだもの。いつまでも待ってる。でも、一つだけお願いがあるの。聞いてくれる?」

「今の僕にできることなら、なんでも聞くよ」

「今夜だけでいいから、私をあなたの本当の奥さんにして欲しい」

ニューヨークに戻ったジュンサンの努力には、鬼気迫るものがあった。短期間で点字をすべてマスターし、集中力を高める訓練を毎日のように続けた。設計図を点字のように立体化するソフトを発注し、目盛りが彫りこまれた定規を使って自分で図面を書き起こしていった。彼の書く設計図は、実際のものと寸分違わず、本社スタッフは驚嘆するばかりだった。

役員たちはジュンサンのために、ソウルからキム次長はじめ気心の知れたスタッフを呼び寄せ、サポートチームをつくった。ジュンサンの設計による建築物は、たとえ都心のビルでさえ、中に入れば不思議と気持ちが落ち着き、五感全体で光や音、香りなどを感じることができる癒しの空間として知られるようになった。

ほどなく、イ・ミニョン＝カン・ジュンサンの名前は、盲目の天才建築家として、アメリカの業界だけでなく、広く世界中に知れ渡るようになる。

そんなある日、キム次長が息せききってジュンサンの所へやってきた。

「理事、ちょっといいですか？」

「どうしたんです？　そんなにあわてた声を出して」

「今、若いスタッフが見つけてきたんですが、今月号の医学雑誌にこんな記事が載っているんです。ちょっと読みますよ」

「硬膜下血腫の治療の新たな試み……今まで難しいとされていた部位にできた血腫を融解させるΣV18光線を、カリフォルニア州立大学医学部のエドワード教授のチームが開発。難聴や弱視、失音や失明に苦しんできた人々に朗報。今現在、五十六名の患者を治療中だが、そのうち二十九名の患者に効果が現れている。とくに血腫ができて五年以内の患者の治癒率は七十五％。治療期間は約三ヵ月。副作用は軽い頭痛程度……」

「どうです？　やってみる価値があるんじゃないですか？」

キム次長は、ジュンサンの反応を待った。（理事のことだ。いいですよ、今のままで十分です、とかなんとか言うに違いないだろう）と考えていたキム次長は、ジュンサンの様子に驚いた。なんと彼の目から涙が落ちていたのだ。

「次長、僕、また見えるようになるでしょうか？　もう一度この目に光を感じることが本当にできるでしょうか？」

キム次長はジュンサンの手を握った。

「大丈夫ですよ。きっと見えるようになります。私と一緒に行ってみましょう」

そう言う彼の目にも涙が光っていた。

ジュンサンは思っていた。

僕が光を取り戻したいと思うようになったのは、あの夜のせいだ。〈不可能な家〉でユジンと僕は初めて結ばれた。彼女の滑らかで瑞々しい肌、細くて長い指、抱きしめたら僕の腕の中にすっぽり入ってしまう華奢な体、髪の香り。二年以上経った今でもはっきりと覚えている。そして彼女が言ったあの言葉。

「ジュンサン、この部屋は今、満月の光であふれているの。あなたに見せてあげたい……」

一目だけでいい、僕は月の光を浴びた君の姿が見たいんだ！


四ヵ月後――。

ニューヨークの空港を一人の青年が、ソウル便のゲートへと急いでいた。

彼の表情は自信にあふれ、その瞳はきらきらと輝いていた。


その日、マルシアン韓国支社は建築界の世界のホープ、イ・ミニョン＝カン・ジュンサンが理事として再着任するとあって、上を下への大騒ぎだった。理事室はキム次長の計らいで元のままにしてあったが、さすがに掃除は行き届いていなかった。

「いろいろうるさいらしいぜ、ちゃんとしとかないと」

社員たちは朝から汗だくで歓迎準備に走り回っていた。

しかし、待てど暮らせどその日理事は現れなかった……。

ジュンサンは空港に着くと、会社へは向かわず、まっすぐポラリスに向かっていた。

「前と全然変わってないな」

彼は躊躇することなくドアを押した。

「こんにちは。チョン・ユジンさん、いらっしゃいますか！」

「まあ、イ・ミニョン理事じゃありませんか！　いつ戻られたんですか？」

ジョンアは目を丸くして言った。

「詳しいことはあとで。それよりユジンがどこにいるか教えてください」

「ユジンなら公園だと思いますけど」

「ありがとう！」

ジュンサンはあっという間に飛び出したかと思うと、また引き返してきてジョンアに言った。

「ジョンアさん、キム次長ももうすぐ帰って来ますよ。取締役に昇進してね」

言ったかと思うと、もうそこにジュンサンの姿はなかった。

「確か理事、失明したってユジンが言ってなかったっけ？　それに公園の場所わかるのかしら。まあいいわ、次長が帰って来るなら。……取締役ですって!?」

ジョンアは赤くなった頬を両手で挟んだ。

(公園なら、あそこだ。不可能な家の模型をユジンが僕にくれた思い出の場所。でも仕事中に、彼女は公園なんかでいったいなにをしてるんだ……?)

ユジンは思ったとおりあの公園のベンチに一人座っていた。ショートヘアにして、なんだか若返ったようだ。ジュンサンは「ユジン」と叫ぼうとして思わず立ち止まった。黒い髪、黒い瞳の小さな男の子がユジンめがけてちょこちょこ走り寄って、大きな声でこう言ったのだ。

「ママ!」

「ミンス、あなたまたポケットの中に、砂をいっぱい入れてきたのね」

ユジンはそう言って、男の子の服の汚れを優しく払った。ふと視線を感じて振り返ったとき、その人の姿が目に飛び込んできた。

「ミンス、ママどうかしちゃったみたい。いるはずない人が見えるの……」

「ユジン!?」

ジュンサンが叫んだので、ユジンは我に返った。

「ジュ、ジュンサン！　あなた、なぜここに？　目、目は!?　見えるの？」

しかし、ジュンサンの耳にその声は届いていないようだ。

「ユジン、その子は……!?」

ジュンサンの狼狽ぶりにユジンはかえって落ち着きを取り戻した。そして、二人の様子をキョトンと見上げていた男の子を抱き上げて言った。

「ほら、この人があなたのパパよ。ママがいつも言ってたとおり、かっこよくて素敵な人でしょ？」

「ユジン、この子が僕の？　僕の子供？」

男の子はジュンサンに向かってにこっと笑った。

そしてだっこしてと言うように、ジュンサンのほうに可愛い手を伸ばした。

「あら、ミンス、パパがわかるの？　いつも男の人にはいやいやするくせに」

そう言うユジンの目には涙が浮かんでいた。

「僕、僕がだっこしていいの？　名前、名前は？　ミンス？　じゃ……ミ、ミンス、おいで」

ジュンサンは、どうしていいかわからないといった様子でミンスをユジンから受け取った。

ユジンは涙をぬぐいながら、幸せそうにほほえんだ。

「冷静なイ・ミニョンさんでも、こんなにあわてることがあるのね」

「あたりまえだろ？　ユジン、君って意外と意地悪だね……ミンスっていうんだ。ミンスかあ」

やっとジュンサンに笑顔が戻った。

「ちょっとだっこしててね。ジョンアさんに連絡しておくから」

ユジンが電話している間、ミンスはめずらしそうにジュンサンの髪の毛を触ったり、めがねをずらしたりして遊んだ。ユジンが電話を終えて振り返ると、ジュンサンはポロポロと涙を流していた。

「どうしたの、ジュンサン!?」

「ユジン、かわいい、かわいいよ。どうしてこの子のこと言ってくれなかったの？」

ジュンサンはそう言ってミンスを強く抱きしめた。

ジョンアはユジンに休暇をくれた。なんだかとても機嫌が良かった。

「ジュンサン、私この近くにアパートを借りてるの。時間があるなら寄らない？」

「今日の僕は、君のものだよ」

「フフフ、やっといつものあなたに戻ったようね」

ユジンは心から楽しそうだった。ミンスをベビーカーに乗せて、ユジンとジュンサンは並んで歩いた。言葉は交わさなかったが、ときどき見つめあってほほえみを交わすだけで二人は十分幸せだった。アパートについたとき、ミンスはすやすや眠っていた。

「僕が抱いて行く」

「まあ、優しいパパね。でも眠った子供は重いのよ。大丈夫？　しかも、三階よ」

ユジンの部屋は、落ち着いた雰囲気で、センスの良い家具が並んでいたが、ところどころにおもちゃが転がっていてとてもほほえましかった。

「よく寝てる。疲れたのね」

ユジンはミンスを寝かせておでこにキスをした。

「僕にはキスしてくれないの？」

そう言うとジュンサンはユジンを抱きしめ、一度目は優しく、二度目はとても情熱的に口づけをした……。

ソウルへ向かう機内で、キム取締役は一人感慨にふけっていた。

（理事が父親になったとはなあ。あの人にはいつも驚かされるよ。それよりユジンさんだ。よほど理事のこと愛していたんだな。一人で子供を生んで育てていたなんて。さあ、今度は

二人の結婚式だ。じいやとばあやの出番だぞ）

ユジンとジュンサンの結婚披露パーティーは〈不可能な家〉で盛大に行われた。二人がここで奇跡の再会をした日から、ちょうど三年目の春だった。それぞれの母親、友達、会社の人たち、アメリカからも業界人が多数出席した。キムとジョンアは二人の付き添い人として忙しく動いていた。

「ジョンアさん、そろそろユジンさんに登場してもらわないと」

「そうですね。ジンスクさんとチェリンさんがドレスの着付けをしてくれてるんです。もう終わったころかしら」

結婚行進曲とともに、おめかししたミンスを連れて現れたユジンを見て、出席者は一様に感嘆の声を上げた。真っ白なドレスに身を包んだ花嫁は、一児の母とは思えないほど清楚で可憐で、なおかつその美しさは神々しいほどだった。ジュンサンと談笑していたサンヒョクはジュンサンのわき腹をひじでつつきながら言った。

「ジュンサン、ほれ直したろ？　今日のユジンは格別だな」

「ああ、ほんとだ、ほれ直したよ。お前に渡さなくてよかった」

「このやろう！」サンヒョクは笑いながらこぶしを振り上げた。

ジュンサンは、人々の間を縫って最愛の二人のところに行き、壇上に立った。

「今日は、僕たちのために集まっていただき、ありがとうございました」

ジュンサンのあいさつが始まった。

「僕はここ数年、闇の中で暮らしてきました。しかし、今日もお越しいただいているエドワード教授のおかげで、僕は再び光を取り戻すことができました。そのことを今日ほど感謝したことはありません。こんなに美しい妻とかわいい息子の姿を目に焼き付けることができたのですから。ユジンと僕とは何度も出会い、そして別れてきました。でも、もう絶対に離れません。ユジンは僕の初恋の人であると同時に最後の恋人だからです。さらにもう一つ、強くて丈夫で決して切れることのない、ミンスという〈運命の糸〉が二人をしっかりと結んでくれたからです。今日集まっていただいた皆様の前で僕は誓います。ユジン、ずいぶん待たせたけれど、やっと言葉にできるよ。〈健やかなときも病めるときも君を愛し抜くことをここに誓います。カン・ジュンサン〉」

ジュンサンはユジンとミンスをしっかり抱きしめた。

これまでの二人の過去を知る人たちは、涙を抑えることができなかった。

その夜、月光の降り注ぐ寝室の窓辺で、ジュンサンは一人たたずんでいた。ミンスを寝かしつけたユジンが入ってきた。

「なんの物思い？」

「僕がこの家を建てたとき、目が見えないからこそこだわったことがあった。太陽の光、雨の匂い、風のそよぎ、木々の香り、鳥の声……だけどこの柔らかな月の光だけは、感じることができなかった。ユジン、君が月光を浴びる姿を、とても見たかった」

ユジンの目から、涙がこぼれた。

こんなに愛してくれる人のそばにいられる幸せを、噛みしめたのだった……。

おわりに

２００４年８月、携帯電話の小さな画面から、本書のもととなったモバイル公式サイトの寄稿コーナー「冬ソナ小説」は始まりました。ファン一人ひとりの想いが込められた素敵なお話の数々は、何度も何度も私たちスタッフを温かな感動に包んでくれました。今回、この本を手に取ってくださったみなさまにも、そんなたくさんの想いが伝わればと思っています。

本当は、もっともっとたくさんのお話を掲載したかったのですが、ページ数に限りがあり、泣く泣くあきらめた作品がいくつもありました。

当サイトでは、そんな「冬ソナ小説」の寄稿が現在も続いています。今回、この本を手にとっていただいたみなさまも、ぜひ「冬のソナタ」モバイルサイトに遊びに来ていただければと思います。

最後になりましたが、本書を支えてくださったＫＢＳメディア、発行のきっかけをつくっていただいたユン・ソクホ監督をはじめ関係者の方々、そして、「冬のソナタ」を支え続けていただいたすべてのファンの方々に、心から感謝いたします。

「冬のソナタ」モバイル公式サイト　スタッフ一同

「ファンが綴った冬のソナタ」執筆者のみなさま

ペンネーム	掲載作品（数字は掲載頁）
＊雪＊	少年の日に:42
m	新しい命:84
shi..	最高の日:71
あくあ	ジンスクの恋:161
しーちゃん	ミヒ～愛のソレア:66　旅立ち:86
しおり	私の愛する息子へ:153
ジョーズ	お互いの心の家:96
ハル	運命のカード:80
ひとひらの雪	バスを待ちながら:34　夜明けまで:38 病室での回想、ジュンサンの進学:44　一枚の写真:144
プーこさん	ポラリス:54　運命の輪:56　あなただけを……:59
まみ	キム次長の不器用なプロポーズ:158
まめまめ	春のソナタ:108 愛の応援団～じいやとばあやの結婚行進曲:165
マリ	焼却炉の愛の歌:36
マロ	大好きなユジンへ:50　好きな季節は……冬:52 僕の真実の恋:61　理事とユジンさんのこと:156 運命の糸:172
みつ	if……:8　空白の三年間:10 冬の終わりから再び初雪へ:89
みゆ	スノークリスマス:68
ユミ	美しい人:64　涙のソナタ～奇跡をおこしてくれた人:104
花	決断のとき:74
十六夜	幸せの鈴:94
雪だるま	ヨングクの日々:163
ユジンになりたい	一夜の愛:136

編者紹介

「冬のソナタ」モバイル公式サイト

ブロードバンドコンテンツ配信の株式会社ショウタイム(http://www.showtime.jp/) が運営する、「冬のソナタ」公式サイト。公式ゆえの純正・高品質な画像やムービーが高い評価を受けており、累計4,831,992件（2005年1月20日現在）のアクセス数を誇るモンスターサイト。

〈EZweb〉

・トップメニュー＞カテゴリで探す＞着うた・着ムービー＞着ムービー＞冬のソナタ

・51563の数字を入力後EZボタンを押してインターネットナンバーを選択

〈Vodafone〉

・「Vodafone live!」 メニューリスト＞壁紙・待受＞映画・特撮＞冬のソナタ

・「Vodafone live!BB」 http://www.vodafone.jp/japanese/live/bb/

※EZwebとVodafone（2004年11月1日開始）では、公式サイトのサービスが異なります。
本書は、おもにEZweb版公式サイトをもとに構成しています。

関連サイト

ShowTime
http://www.showtime.jp/

KoreanTime
http://www.showtime.jp/korea/

『韓国ドラマニア！』(EZweb)
○アクセス方法
トップメニュー＞カテゴリで探す＞着うた・着ムービー＞着ムービー＞韓国ドラマニア！
○ナンバーアクセス
52931の数字を入力後EZボタンを押してインターネットナンバーを選択

企画 株式会社 ショウタイム

協力 KBSメディア

制作 青丹社

写真 JTBフォト

装幀 西口雄太郎

ファンが綴った 冬のソナタ
ケータイから生まれたアナザー・ストーリー

発行日 2005年2月25日 初版第1刷

編 者 「冬のソナタ」モバイル公式サイト
発行人 仙道弘生
発行所 株式会社 水曜社
〒160-0022 東京都新宿区新宿1-14-12
TEL 03-3351-8768 FAX 03-5362-7279
URL www.bookdom.net/suiyosha/
印 刷 中央精版印刷

定価はカバーに表示してあります。
乱丁・落丁本はお取り替えいたします。

 ISBN 4-88065-144-3